光明文丛

这世上有没有爱情

汪破窑 著

四川文艺出版社

图书在版编目（CIP）数据

这世上有没有爱情/汪破窑著. -- 成都：四川文
艺出版社，2023.2
ISBN 978-7-5411-6580-1

Ⅰ.①这… Ⅱ.①汪… Ⅲ.①短篇小说—小说集—中
国—当代 Ⅳ.①I247.7

中国版本图书馆CIP数据核字（2023）第016352号

ZHE SHISHANG YOU MEIYOU AIQING

这世上有没有爱情

汪破窑 著

出 品 人	谭清洁
责任编辑	邓 敏
封面设计	魏晓舸
内文设计	史小燕
责任校对	段 敏
责任印制	喻 辉

出版发行　四川文艺出版社（成都市锦江区三色路238号）
网　　址　www.scwys.com
电　　话　028-86361802（发行部）　028-86361781（编辑部）

排　　版　四川胜翔数码印务设计有限公司
印　　刷　成都蜀通印务有限责任公司
成品尺寸　145mm×210mm　　　开　本　32开
印　　张　6.25　　　　　　　　字　数　140千
版　　次　2023年2月第一版　　印　次　2023年2月第一次印刷
书　　号　ISBN 978-7-5411-6580-1
定　　价　42.00元

有梦想，谁都了不起

到一个地方久了，就会认识各种各样的人，了解后就有了想写他们的冲动。观照他人，才能思索自身，才能给我们平淡如水的庸常日子增添一些色彩。这个想法一直停留在我的脑海里，并没有真正付诸实践。

一天，和远人兄、王凯兄在一起聊天，王凯兄建议我把笔触伸向都市。作为一个资深编辑，他的眼光当然有其独到之处。毕竟写乡村题材的作品已经泛滥成灾了，十篇文章有八九篇是乡村题材，况且我离开乡村已有多年，所写的乡村题材作品还停留在最初的认识上，随着乡村的不断变化，虚构的作品与现实的生活是不是已产生了距离，在这一点上我没有把握。而现在，我长期生活在城市，对城市的了解要多于乡村，只需要俯下身子就可以倾听到这座城市的心跳，触摸到这座城市的脉搏，也可以走进城里人的日常生活，品味城市人群的酸甜苦辣，体会他们的喜怒悲伤，甚至从我有限的观察和道听途说得到的资讯中挑挑拣拣就能将它们独立成篇。

我开始梳理思路，着手写城市题材的作品，"新城市人"系列也被一篇篇地正式付诸笔端。"新城市人"是一个很大的概念，包含所有在这座城市生活的人，因为用时间来区分本地人与外地人是不科学的，说到底人都是这座城市的入侵者，都是"新移民"，只是时间的先后而已。无论是在城市扎下根的，还是作了短暂停留又流向其他地方的，他们身上都有太多的故事，他们每一个人都值得去写。于是，我对"新城市人"也有了越来越清晰的看法。

闲暇之余，我会沉下心来过滤自己这些年的生活经历，能让我念念不忘的还是那些生活在社会底层的小人物，他们有的还在为这座城市的发展而打拼，有的则贡献出自己的青春年华后离开了这里，在我的眼里，他们的形象越来越清晰，他们的面容越来越鲜活。我想，把他们从时间的长河里打捞出来，把他们的生活点滴写出来，还原他们本来的面目，就足够了。

《地球是不是圆的》写的是少年曾庆东的故事，无论是文中的曾庆东，还是现实中的少年，他们在成长的过程中有太多的不解和迷惑，他们在探求这些迷惑时遭遇了一些看似奇奇怪怪的事，其实这也是每一个人在青春期都要面对的话题，每一个人都是在迷惑中成长起来的，在探求真理中成长起来的，在这样的过程中也在推动着社会的进步与发展。《我可以叫你纯生吗》则是写的从外地来城市打拼，人随着环境的变化而发生了变化，每一个人都不再是以前的那一个人，只有在经历了一些事情后，才能找回最初的自己。《文员》是写外地人进入城市所面临的选择，每一个人的选择不一样，也就有了不一样的人生。这里面有奋斗、有眼泪、有欢笑、有付出，也有回报，无法说谁的选择是对是错，跳出来看都能理解他们的选择。《乞身人》写的是退休老年人的生活状态，他们为了家乡的建设发展而贡献余热。《湖山仙境》写的是售楼行业的故事，房价涨到让人怀疑、无法接受的地步，也是这座城市经济繁荣背后的荒谬之处。我们都生活在一个充满疯狂、恐慌和无理性消费的时代，随着政策的转变，房子最终会是用来住的，而售楼行业也将会步入正轨。

这一个系列也可以说是一个个追梦人的系列。为了实现自己的"城市梦"，每一个人的选择不尽相同。梦始终是一个未知，不确定因素随时存在，就像人的命运一样，把握住了，梦就实现了，没有把握住，梦想依然在那里，我们仍然可以选择继续去追梦、逐梦，直至圆梦。

有梦想，谁都了不起！

可以说，这是我迄今为止，风格最为统一的小说集。也许，我的文字远远无法概括现实生活的精彩和无奈，但我希望这一部小说集能够存留一些流逝的岁月和那个时代的印记，以及对当时生活的感受。如是，这部小说集就达到了我想要表达的效果。

汪破窑

2022年8月18日

目 录

地球是不是圆的

　　文子斩钉截铁地说："我爸爸说的，地球是圆的。"我鄙夷地看了他一眼，用质问的口气说："你凭什么说地球是圆的？难道你爸爸说的就一定正确吗？仅仅因为他是大人吗？仅仅因为地球带个球字就认为它是圆的吗？"

　　文子一向把他爸爸的话奉为圭臬，显然他没有料到我会质疑大人的话，被我问得瞠目结舌。他不停地搔头，灰白色的头皮屑纷纷落在肩膀上，在他的黑色小西服上格外醒目。好半天，他才说："书上也是这么说的。"我听到书，故意撑他："哪本书？你自己瞎编的吧。"

　　他好像想起了什么，急切地说："我在城里一个很大的书店看到过地球仪，就是圆的。"他强调说，"上面还有我们中国的地图，像一只公鸡。"我没有见过地球仪，也没有见过他说的书，凭什么让我相信地球是圆的。我要他拿出真凭实据，他拿不出来，脸涨得通红，嘴巴张了张，话却说不出来了。他知道说什么都显得苍白无力，远没有一件实物更具有说服力。

　　文子没有地球仪，他只是在城里的新华书店里看过。我们槐树湾也没有人有地球仪，就连教我们地理课的刘老师也没有。刘老师也说地球是圆的，对此我是持怀疑态度的，他肯定也是听别人说的，或者说是听他的老师说的，难道老师说的就一定正确吗？我本不该怀疑老师，但是不知道为什么，我总觉得这个世界太神秘，有太多未知的东西要我去了解，而老师的才学在这个神秘的世界面前显得多么浅薄。文子怔了一会儿，他指着我说："你给我等着！"说完他撒腿就跑。我被他吓了一跳，还以为是我说话伤害到他了，他要回家告状或找人来教训我。

　　过了一会儿，文子气喘吁吁地向我跑来。他扬起手中的一本书说："庆东，庆东，就是这本书说地球是圆的。"具体在哪一页他忘了，他要我在里面找。这么厚的一本书，逐字逐句地找真不知要找到什么时候，我不愿意放过这么一个求证的机会，当然我更不愿意放弃读一本书的机会。这本书是一个叫笛福的英国人写的，书名叫《鲁滨逊漂流记》，对于"滨"和"逊"这两个字，我不知道它们的正确读音，我又不能在文子面前显露出我的无知，当着他的面大声读道："鲁兵孙漂流记。"他又不停地搔头，然后指着"逊"字，用不确定的语气问："这个字也念'孙'？"我肯定地回答："当然念'孙'，不念'孙'，你说念什么？"文子被我问住了，眼睛看着我，却飘忽不定。他小声嘀咕："这个字念'孙'？"好像他并不相信这个读音。我解释道："我们汉字就是这么神奇，是字不是字，认个半截字，准没错的。"我伸出指头说："你看，下，上下的下，加上一个口是不是念吓，是不是？"文子点了点头。我又举例道："你看，丁，一丁点儿的丁，加个口念叮，加个金字旁还是念钉。再比如，你姓朱，加个木字旁是不是还是株。"文子的眼睛里已经没有了质疑，他已经彻底被我的博学给镇住了。此时，我已对这本书产生了浓厚的兴趣，我对文子说："我先信你一回，我看能不能从书里找出来。"我不是不相信人，只是人会撒谎，我也不知道哪句是真哪句是假，而书就不一样了，白纸黑字写在那里，不会变的。书上的东西才是真理。

除了学校发的课本外，我再也没有一本书了。我想买书，可是我爸爸说读再多的书也没有用，早点初中毕业就跟他到山边种菜。每次到镇上的文具店，我都会对着玻璃柜里的书发呆，我不敢开口让售货员把书拿出来。售货员长着一张冷若冰霜的脸，每当我兴高采烈地进去，一看到售货员就像掉进了一个冰窟窿，冷得我赶紧把手藏进了裤兜。所有的书对我来说都是宝贝。我小心翼翼地打开了这本书。书里讲的是一个叫鲁滨逊的人，只身漂流到无人的荒岛的故事，他凭借着强韧的意志与不懈的努力在荒岛上生存了二十八年。这种与世隔绝的生活简直就是神话，太难以想象了。

看完这本书时正值夜晚。我独自坐在门前的石碾上，抬头望着那轮月亮。月亮旁边有很多星星。我被这星空给迷住了，或者说我很迷恋月亮。月亮为什么会是圆的，它上面有人吗？我当然知道，嫦娥和吴刚，还有玉兔，都是假的，但是此时的月亮像地球一样让我着迷。我盯着月亮，好像盯久了就可以窥视出它的秘密。但是，我觉得它离我太远了。

我把书还给文子时，他急切地问："你找到没有？"

我被他问得莫名其妙："找到什么？"

他顿时急了："当然是地球到底是不是圆的。"

我已忘了这茬事。我说："没有找到。"他呆呆地望着我，失望极了，小声说："怎么可能呢？难道是我记错了，是另外一本书？"我重重地拍了一下他的肩膀："不过，这本书让我蛮受启发，我很羡慕鲁兵孙，如果有机会我也想去流浪，说不定在流浪的过程中就可以发现地球的秘密。"

文子专心致志地听着。

"一个人去？"他说，"鲁兵孙还有一个'星期五'呢。"

我当然知道他的意思，他希望当我的"星期五"陪我一起去流浪。他在家里被他爸爸妈妈逼着学习，他整天想着能出门，却没有独自出门的勇气。"这只不过是一个外国人写的故事，实际上压根儿就没有'星期五'，"我说，"不过要去流浪当然不能一个人，那样太孤单了，有个事也没人帮着出个主意。"

"是的，是的。"他看着我，怯生生地问，"如果你要去流浪，能不能带上我呢？"

"当然，这个是肯定的。"我回答。

文子高兴得要死，抓住我的手，使劲摇晃。

我是农历七月二十四的生日。文子也是这天过生日，只是他比我大一岁。他有一个当官的爸爸，管他就像管下属一样，所以他一向胆小。文子家有很多书，都是他爸爸买的，书在他爸爸的卧室里，除了他妈妈别人都不能进，他爸爸把这些书当成了宝贝，就连文子也不能动。平素他爸爸不在家的时候，文子才会偷偷地溜进去。我常常故意质疑文子的话，就是要撺掇文子冒着挨打的风险把书偷出来给我看。我还看了《铁臂阿童木》《小灵通漫游未来》，这两本书是文子他爸爸给他买的。我好羡慕文子有个当官的爸爸，他却羡慕我有一个从不管我学习的爸爸。生日这天我妈妈给我买了两个油炸馍。油炸馍好贵，一毛钱一个，里面是白糖馅的，一咬，糖水就滋滋往外冒。吃完油炸馍我就去找文子了。我觉得可以实施我们的计划了。我站在文子家门外大声喊他，他应声跑来，手里拿着一只鸡腿，后面还跟着他的大黄。他露出了为难的表情，他说他不喜欢吃鸡腿，跟死面坨子一样，一点也不好吃。说着就要扔给大黄，我一把拦住了，我说："我尝尝，是不是跟死面坨子一样。"文子把鸡腿递给了我。我吃了一口，故意停顿了一下，紧接着又开始吃第二口第三口。文子看着我，他一直在等我的回答，当我把最后一口鸡肉啃下，才说："是的，是跟死面坨子一样。"文子很高兴："我说是吧，你还不信！"我把那根光秃秃的鸡腿骨扔给了大黄，大黄一口接住，趴在地上呜呜地啃，好像对我有意见。

如果说吃完了油炸馍我就正式满十二岁了，那么啃完这只鸡腿我顿时有了一种长大了的感觉。我对自己的计划充满信心。当我再一次说完我的计划，文子凝神屏息地听着，神情已经不淡定了，他和我一样激动不已，脸涨得通红，仿佛实施这个计划的是他而不是我。

我从家里拿出了牛皮伞，文子也拿了一把牛皮伞。文子骑着二八横杠的单车，他的腿不够长，坐在座位上腿就够不着脚镫子，他把一条腿斜插三角杠里骑，骑得七弯八拐，我坐得心惊肉跳。我双腿叉开坐在后座上，一只手紧紧抓住前面的座位，这个座位本该文子坐的，现在却成了我的安全保障；另一只手把两把牛皮伞揽在怀里抱着，一把是我的，一把是文子的。我的是一把旧的，文子的是一把新的，上面浓烈的桐油味直往我鼻窟窿里钻。从槐树湾骑到九娘山得个把小时，我心急如焚，感觉时间用了好久。我不敢催文子，怕他会把自行车骑到路边的菜畦里去。

菜畦里种着生菜、菜心、西洋菜、芥蓝、荷兰豆，风吹过来，连空气都带有菜叶发出的青气，有一股香甜的味道。风一阵一阵的，我看见豆大的汗珠顺着文子的脸颊向下流淌，那汗珠是透明的，在阳光下闪着光。

九娘山是我们槐树湾最高的山。我和文子爬上山，阳光正好在头顶。我们身边的那些树的叶子全蔫了，只有那一簇簇的野山果站立在枝头。我不知道它们的名字，只好叫它野山果。野山果还没有完全红透，有些大个的还是青的。我和文子摘了几颗放在嘴里嚼，是一股酸甜苦涩并存的味道。文子看着我，他的眼神在问我，这个果能不能吃。他见我把嘴里的果沫吐在地上，也赶紧吐了。他害怕中毒。

我们准备实施计划了，我知道文子肯定不敢，这个计划是我想出来的，当然也得由我来实施。我原本就没有把希望寄托在文子身上。我把两把牛皮油伞撑开，一手拿住一把。文子担心伞会从我的手中溜走，他从自己的球鞋上抽出了两根鞋带，一头拴住伞柄，另一头拴在我的胳膊上。文子看着我说："庆东，要不算了，我们回去吧。"我瞪了他一眼。"怎么可以半途而废呢，我只要飞起来就能看见地球是不是圆的了。"我肯定地说。我相信我一定能够飞起来。只要有风，雨伞会像风筝一样可以飞。文子说等我们长大了可以去坐飞机，就能看见地球是不是圆的了，可是我等不及了。

本来我们打算在我家门前的大榕树上飞行的。我在文子家看到一本书叫《树上的男爵》，作者是个老外，名字很长，我没有记住，里面讲了一个十二岁的男孩子，叫柯希莫，他一生都生活在树上，在树上读书、狩猎、救火、与海盗作战，直到死去也没有回到人群之中。我不知道这本书到底表达的什么意思，却十分欣赏柯希莫传奇和独特的一生。我无疑是受到柯希莫的启发，虽然我没有生活在树上的本领，却有从树上开始飞行的决心。我怎么又改变主意了呢，因为以前我曾爬上这棵大榕树掏鸟蛋，才爬到离鸟窝一半的树干，树下已围满了人，当然我妈妈也知道了，她在树下吓得直哭，我只得灰溜溜地下来了。我觉得在树上飞行行不通，才选择了离家较远的九娘山。

山顶有一块光秃秃的巨石，平平的，像我家门前的那块石碾。阳光毒辣，可能是山与太阳距离太近的缘故，巨石当然长不了树，旁边的树离得太远，没有可以遮阴的地方。山下是密集的灌木，也有高大的松树。我们默默地看着远方，侧耳谛听着四方。没有鸟鸣，有昆虫扇动翅膀的声音。一只蜻蜓停在空中，静止不动。眼前，热浪袅袅，触手可及，空气也是静止的。树也是静止不动的。山上反倒没有了风，这让我感到很惆怅。文子看着我不说话，他的眼睛睁得很大，充满了不确定。他犹疑地说："庆东，我怕！"我说："你怕什么，是我飞又不是你飞！"他说："万一你摔死了怎么办？"我对着他连连呸了两声，骂他"乌鸦嘴"。我对他这样的丧气话有些不满，说着脚不由得往后退了一步，一脚踏空，整个人就往下坠。我也没有想到会这样，但是我得在文子面前装出很坚强的样子。我看见文子惊恐地张大了嘴。

两把牛皮伞托着我迅速地往下坠落。我感受到了无边的恐惧，忍不住发出一声尖叫，紧接着是文子的尖叫。文子一直叫着我的名字。我连忙应了。听到我的声音，他立马松了一口气。我并没有掉到山底去，而是被伸出来的树枝挂住了。雨伞被树枝刺破了，它们挂在了树上。幸好有那两根鞋带，虽说勒得我胳膊生疼，但这两根鞋带却救了我。我顺着树干往下滑，一直到了树下，脚踩住了厚实的山体才平复了心中的恐惧。山上长满各种我叫不出名字的树，我拽着这些树爬上了山顶。文子看到我上来了，一把抱住了我，一副要哭的样子。显然，他是真的担心我。我把两把牛皮伞递给文子，伞只剩下光秃秃的伞柄和撑骨，那厚厚的结实的牛皮已破得不成样子。

我的试飞失败了。这没有什么大不了，哪一项科学发明或者说真理不是经历了多次挫败？只是我万万没有想到文子会把我借伞飞行的事给暴露出去。其实这事也不怪他，当我衣衫褴褛地回到家里，就受到了一次皮肉之苦。我妈妈拉着我担心我会被打死，我爸爸猛地推了我妈妈一把，我妈妈猝不及防，被推了一个趔趄，然后一屁股坐在地上，成功地把我爸爸的怒气引到了自己身上。我爸爸果然不打了，丢下我们拂袖而去。

我成了村子里的一个另类。村子里的人见了我会主动笑着跟我打招呼："庆东，没有去飞天呀？"我低着头，快速从他们面前逃走。他们都说我脑子出了问题。

可我妈妈不这样看，她认为我是中了邪气，于是拉着我去找前门的清明婶算一卦。清明婶问了我的生辰八字，掐指推算一番，又把手放在我头顶，好一会儿才说："这娃儿没有中邪气，脑子也没有问题，是个很精明的娃。"我妈妈听了长吁了一口气，心里那块石头也落了地。清明婶接着指出了这次事情的起因："这是这娃儿命中缺水所致。"我妈妈一怔，脱口而出："杨瞎子上次算说他命中缺火。"清明婶听了不高兴了，大声嚷道："既然你相信杨瞎子你找我干吗？你还是去找杨瞎子吧。"

同行是冤家。你怎么可以当着一个人的面提另一个人的好呢？我们这里的"半仙"有两个半。一个是杨瞎子，属先天性失明，也干不了别的事。老天爷饿不死瞎家雀，杨瞎子后来拜师学艺，成了我们这一带有名的相师。另一个是清明婶，清明婶得了一场病，眼睛突然看不见了，却凭空有了一种特异功能，能够"看见"我们看不见的东西，虽说是"半路出家"，但能把相面风水卦象看得准说得透，名气很快超过了杨瞎子。还有半个是"瞎木娃子"，因为他是"半瞎"，有一只眼睛能看见头发丝一样细的光，因此不能通达天上地下的神灵，算得时准时不准的，平时靠抽签卜卦过日子，只能算半个。

我妈妈知道失言了，连忙站起来作揖道歉。其实清明婶看不见的，我不知道我妈妈为什么要这样做。好在清明婶没有计较这事，她重复道："这是命中缺水所致。"我妈妈没有从清明婶的话里找到问题的关键所在，这与命中缺水有什么关联呢？她没有问，我也没有问，除了好奇还是好奇，哪里敢对高深莫测的命理说三道四呢。

清明婶继续说："命中缺水的人性情孤傲清高。"

我妈妈接话说："是的，这娃子平时也不爱搭理人，是挺清高的。"

清明婶说："命中缺水的人心地善良，有悲悯之心，毅力也较一般人强。"

我妈妈再一次肯定了清明婶的说法："是的，这娃儿心肠可善了，平时家里来客人了杀只鸡他还会伤心流泪。"

清明婶又说："平时静若处子，动若脱兔。"我妈妈可能对这两句并不是很理解，她不再跟着附和补充了，只是似懂非懂地点了点头。当然她点头清明婶是看不见的，但我认为她是点给清明婶看的。

"爱好读书，与神秘事物有不解之缘。"清明婶在结束之时，又补了一句，"这娃儿以后势必还会生些事端出来。"

我妈妈吓得手足无措，连忙把两块钱递到了清明婶手中。清明婶收下钱后，又把手按在我的头上。我目光灼灼地盯着她。她继续为我妈妈指点迷津："在家中北方放一个鱼缸，如果没有玻璃缸就随便找一个东西代替。缸里要养几条鱼，养黑色的鱼为好。"我妈妈问道："可不可以养福寿鱼？"清明婶说："当然可以，福寿鱼本来就是有福气的鱼。"清明婶停了下来，又开始掐指换算，嘴里振振有词，像我平时做四则混合运算。"几条鱼呢？嗯嗯，数量以六、七、十为好，超过十条，数量就没有禁忌了。"

我妈妈目光和蔼地望着我说："这些我怕我会忘记，你也帮着记着。"我默默点头。

清明婶又说："平时你在家里可拜水月观音，不用经常烧香，晚上关灯祭拜就行。"

我妈妈问："啥是水月观音？我家平时拜关公的。"

清明婶解释说："以后你男人拜关公，你拜观音。水月观音就是看水中月影的菩萨。"

我妈妈连忙"哦"着回应。

我妈妈真的按照清明婶的说法去做，在轧水井旁放了一个废弃的牛槽，里面养了六条拃把长的鱼。这些鱼是从我家菜地里的水池里抓上来的。堂屋的中堂画也换成了水月观音。每次祭拜水月观音时，我妈妈总是警惕地打量四周，生怕有什么会惊扰到水月观音。

我老实了几天。身上被树枝戳伤的道道疤痕已经结了痂，隐隐约约会发痒，提醒着我第一次地球探求之旅失败了。这次失败我觉得还是准备不充分造成的，雨伞压根无法承受我的体重，还有就是日子也没有选好，至少我们得挑一个有风的日子。我盯着槽中的鱼发呆。六条鱼围着槽沿游动，一圈又一圈，不知疲倦。地球如果是圆的，那么就如同槽中之水，总会从原点回到原点。我为自己能够悟出这个道理而感到兴奋。就在我兴奋之际，文子过来找我玩。

我和文子走到院子外面。我向四周打量一番，确定四下无人。我小声问："你肯定地球是圆的？"为这事我和文子经过了多次辩论，他心里是矛盾的，他现在也不能确定地球是圆的了。

他点点头，眼珠转个不停。

我说："如果地球是圆的，那么我们一直朝着一个方向走，是不是最终还是会回到这里？"

文子木然地点点头。

我说："走，太累了。我们可以坐船，沿着我们的大海顺水而下，用不了多长时间就可以漂回来，在途中我们不用为吃的担心，在水中随便抓条鱼就可以吃，就像鲁兵孙一样。"我以为文子会为我这个计划叫绝，不料他竟然指出了我的毛病："我问了我爸爸，他说那个字不念'孙'，念'逊'，逊色的逊，过去的皇帝让位也叫逊位。"我被他这一说，心里有些不痛快："管它念'孙'还是念'逊'，我们现在说的是地球是不是圆的问题，我就问你吧，你愿不愿意跟我一起去漂流？"文子生怕我不带他去似的，抓住了我的胳膊，连声说："愿意，愿意。"我说：

"愿意就好。下一步，我们就得打造属于我们自己的'诺亚方舟'。"文子问："啥叫诺亚方舟。"我说："就是船。"文子说："我们叫上六子吧，让他把他哥哥的船偷出来就行了。"文子这话点醒了我。

我们去找六子。

六子不敢，他说他哥哥知道了会打他的。我指着六子的鼻子骂："你就是一个胆小鬼，你不说你哥哥怎么知道？"

文子也指着六子说："胆小鬼，你已经小学三年级了，你都十岁了，又不是三岁小娃子，还怕你哥哥。"

六子低下了硕大的脑袋。当六子抬起头的时候，他已经成竹在胸了。他说："每天早上，我哥要去海里起渔，他要把下在海里的网拉上来摘那些海鲜，等他去街上卖海鲜时，我们就把他的船划走。"这办法好，神不知鬼不觉的。六子很聪明，每次考试都是全班第一。都说脑袋大的人聪明，在六子身上可以找到证据。

第二天一早，我们溜到了海边。六子的二哥看到我们，问："你们怎么来了，赶紧回去，小心掉进水里淹死你们！"我们当然不会被他的话给吓住。六子说："二哥，我说你在这一片打鱼没有人可以超过，他们不信，叫我带他们过来看你打鱼。"六子二哥说："这不是吹的，关键是我懂得看水路，知道哪里鱼多，跟你们几个说这些没用，你们懂个屁！"

我们确实不懂，我们站在岸边搭起的木台上看着他打鱼。六子二哥用竹篙往水里一伸一挑，把渔网从水中挑了出来，然后双手往船上拉网，网上粘满了各种各样的鱼，还有螃蟹和皮皮虾，我还看见一条像蛇一样的东西，六子说那叫海鳗。六子二哥很有成就感，竟然哼起了歌，是小虎队的《青苹果乐园》。我也挺喜欢小虎队的，文子说他们是我们中国台湾省的人，隔我们只有这一片海。文子说他二哥撑船就可以撑到台湾。我们村子叫槐树湾，他们叫台湾，听起来好像是离我们不远的一个村庄。小鱼被他直接扔进了河里，大的被他扔进了船舱。

六子二哥把渔网整理好放在岸上晒，又把船舱里的鱼抓进一个大胶桶里，冲我们伸了一下下巴，还故意挤了一下眼睛。他很得意。他把大胶桶放在了摩托车的后座上，走的时候又吩咐道："早点回去，不要在海边玩，一个浪打来就把你们卷走了。"六子吓得吐了吐舌头，说道："知道了。"我们目送他呜呜地开走了。六子说："没事了，我二哥去卖海鲜了。"

我们看着海水，它很安静，并没有六子二哥所说的那么可怕。六子二哥的小舢板靠在海边，船头有一个圆形的铁环，上面系着一根细细的塑料绳子，绳子的另一头系着一根铁钎子，铁钎子深深地插进海滩。我和文子兴奋地上了船，船在水里晃了几下，我们吓得赶紧蹲下。六子使了很大的劲才把那根铁钎子拔起来，他把绳子缠在铁钎子上，一直缠到了船上，然后将缠着绳子的铁钎子插进了那个铁环中。我没有撑过船，以为划船是一件非常容易的事，结果一划，船就在水里打转儿。六子呵呵笑了。他虽然比我小，毕竟出身这样的家庭，有着无师自通的天赋，他拿着竹篙一点，船就往水中间漂去。六子的力量太小，撑了一会儿就说胳膊撑疼了。在六子的指导下，我和文子两人轮换着撑，勉强把船划走，有时船儿仍会在水里打转。六子干着急没办法。他看不下去了，又从我的手里夺过竹篙。

船并不像我想象的那样，像插了翅膀的鸟，很快就能到达我们心中的目的地，但是我坚信，只要船在水里就一定能够驶向远方。越往前划，海水似乎流动得越要急一些，还有一个接一个的水漩，白色的浪花飞溅，发出轰隆隆的声响，像在推我们的船向前流去。我指着前方说："六子，快点，只要划到那里去就不用划了，我们就可以顺流而下。"望着前方蔚蓝的大海，我突然想起了文子家的另一本书，叫《老人与海》，讲的是一个老渔夫和一条大马林鱼在海中搏斗的故事。这时，我好像有了目标，有了方向，顿时充满了斗志和激情，我迫切希望船能够快一点划到急流中去，丝毫感觉不到它隐藏的危险。我们的"诺亚方舟"终于划到了急流边上。这时船像是被一种神奇的力量吸住了，一下就漂了过去。我们三人这时才感到害怕了，蹲在船舱里，双手紧紧地抓着船舷，惊讶地看着四周翻滚起一浪接一浪的海水，任由海水裹挟着船奔涌而去。

我醒来时，我妈妈正坐在床边哭泣。我爸爸见我醒来了又要打我，他举得老高的手终究没有落下。他说："算你们几个人命大。"我们的"诺亚方舟"并没有带着我们环游地球，而是被海浪掀翻在一个沙滩上，我和文子、六子被甩出船舱，掉进了没及大腿根的海水中，让人难以置信的是，那么浅的水竟然能淹住我们。一个渔民把我们从海水中揪了出来，才不至于让我们三人溺水而死。我妈妈摸着我的头，说："没事就好。"我以为我们已经划船转了一个整圈，我说："地球应该是圆的，我又回到了家里，这说明地球是圆的。"这是我醒过来的第一句话，爸爸不由得怒火中烧，那只放下去不久的手又举了起来。我妈妈横在他面前，这次他没有推我妈妈，气得跺了一下脚，掉头就走。走到了院子里，他骂了一句："神经病！"我听见后毫不犹豫地回了一句："我不是神经病！你才……"我很生气，抑制不住地咳个不停，身子也在床上不停地起伏，我妈妈的手在我起伏的胸腔处轻缓地抚摸。她柔声恳求："孩子，以后可不要犯傻了，管它地球是不是圆的，这是科学家们的事，我们只要平平安安就行！"我点点头说："妈妈，海水真的是咸的。"我妈妈怔住了，她有些哭笑不得，只是摸了摸我的头，叹息了一声。

地球到底是不是圆的？

刘老师专门跟我谈了一次话。他拿着一本地理书，打开来，对着原文读道："地球是一个两极稍扁、赤道略鼓的不规则球体。"刘老师表扬了我的求知态度，告诉我，只有对这个世界充满好奇，才能了解这个世界，乃至推动这个世界的发展。以前对于刘老师的话我是深信不疑的，现在我却有了不同的看法。我奇怪的看法并没有惹刘老师生气，他反倒鼓励我有不同的看法。不过，我看他皱起了眉头。

我老实了一段时间。我妈妈认为是这次让我长了记性，毕竟差点儿要了我的命。

文子这几天也不敢来找我玩，他害怕我爸爸吃人的眼神。那是一个周末，我站在院子中间喊文子，他在他家的院子里回应："我不敢过来，我怕你爸你妈说我把你带坏了。"我大声说："他们下地干活了，你过来吧。"过了一会儿，我听见文子的脚步声，很轻快。他一进来，我就看见了他手中的书。我的眼睛都直了。他得意地说："我爸爸昨天去开会给我买的。"我说："啥书？给我看一下呗。"文子把书递给我，是《地心游记》。封面还有几个小孩子和巨大的动物，这些动物我在哪里看过，一时想不起来了。我说："文子，借我看看。"文子想都没想，一口回绝："新家伙，我还没有看呢。"我说："新家伙有什么了不起，我只是看一下，又不是不还你。"文子说："万一你给我弄丢弄烂了呢。"我说："你说，我什么时候弄丢过你的书？"文子被问得哑口无言。我又说："你知道的，我看书很快的，你信不信，我保证今天晚上就能看完。"文子不说话了，心里还在犹豫。我捏住书的一头，文子捏着另一头，迟迟不肯松开。

我用了整整一个晚上看完了书。我把书还给了文子，他拿着书，快速地翻了一遍，见完好无缺，才小心翼翼地将书放进了书包。我想讲给文子听，文子制止了，他说："我要自己看，你一讲，我再去看就没意思了。"文子看书比较慢，因为书是他的，他想什么时间看就什么时间看，而我每次都是争分夺秒地看完，只有早点把书还给文子下次借时他才不会犹豫。

文子主动跟我谈这本书已是一个星期后。文子望着我："庆东，你说地球有没有地心？"我回答道："怎么没有，地心就是地核，就像我们吃的桃子，里面有一个核。"文子像是被一股强烈的疑问袭扰了，嘴里低声嘀咕："那地心里面有没有宝藏？"我听清他说什么了，含糊地说："应该有吧，但是埋得太深，想找到宝藏得很长时间。"文子的眼睛闪着光："一个月能不能找到？"我想了一下说："至少也得一年。"

冬日的阳光把村子前面的菜地晒得升腾起阵阵热气。这块菜地有很多年头了，我还没有出生，我爸爸就在这里种菜了。成片的菜地，有一口枯井隐藏其间，如果不是那一架腐朽的辘轳，谁还记得这里有一口井。听村里的人讲，这口井刚开始挖，只有五米深就有水了，浇了几晌地就见底了，后来村里的人又往下挖，有两层楼那么深了，水多得像海水，不咸，淡淡的，还有些甜。

井水怎么也用不完，这里上百亩的菜地都是用这口井的水，后来井水在一夜之间消失了，再往下挖也不出水了，村里的人说水窜到别的泉眼里了。后来各家都在自己的菜地里挖一个水池子，靠下雨积水，水总是不够用，那些蔫不拉叽的菜在阳光下不停地喊渴。现在这口井废弃了，也没有填埋，也许菜农们还盼望着突然有一天井里又冒出水来。辘轳头上有绳子勒出的痕迹，上面已没有了井绳，支架摇摇欲坠，一阵风就可以将它吹倒。我们走近，枯井有十几米深，像一只黑黝黝的眼睛望着我们。文子把圆筐放了下来。我说："我坐在筐里，你轻轻地往下放，我到下面了就开始挖土，挖满了我一摇绳子你就往上提。"文子不耐烦地说："知道了，你都说了一百遍了。"

文子放我下去时，几乎是一下滑到了井底。文子说："庆东，绳子好勒，手疼。"我说："现在装土就不勒手了。"我开始用铲子挖土，一铲一铲地往筐里装，装满了就摇一下绳子，文子就往上拉，然后把土倒掉后又把空筐放下来。井底有很多菜根菜叶，肯定是菜农们丢弃的。我突然挖出了一只青蛙，高兴地在井底大叫："文子，我逮到了一只青蛙，好大好大的青蛙。"文子很兴奋，忙说："放在筐里我拉上来。"我说："不行，这样它会跳出来的。"我想了想说："要不我用土埋着，你拉上来了，慢慢刨，刨到了就用一根草拴住它的后腿，它就跑不了了。"文子说："好！"

文子一心想找到宝藏。我和他不一样。我挖这口废弃的枯井，并不是想挖宝藏，刘老师讲过地球的平均半径是六千多千米，我一直这么挖下去，一定可以把地球挖穿，也许会像愚公移山一样感动天神。我不记得挖了多少筐土，有一些累了，就在井底坐着歇口气。这时，文子探头往井里喊："庆东，有人来了，我先去村子里躲一下，等那人走了，我再过来。你待在里面千万不要出声。"我说："知道了。"文子跑了。我听着他慌乱的脚步渐渐跑远。过了好久，外面没有一点声音。人肯定走了。我大声喊道："文子，文子，你在吗？"我的声音撞在了井壁上，又落进了井里。我嗓子都喊哑了也没有把文子喊来。我用双手向井壁乱抓，犹如陷阱中的困兽，指甲里全是黑漆漆的土，我根本出不了这口井，现在这口井就不是井了，对于我来说就是深渊。一切都是徒劳无功的。我无力地瘫坐在井底，眼睛看着上面，天像一枚蓝色的盖子，我无法触及。我想起了那只青蛙，它以前是不是也像现在的我一样观天，任凭自己如何努力也无法跳出这口井。

夜深了，远处传来我妈妈的叫喊声，我大声应着。我的声音好像永远离不开这口井。面对黑漆漆的井，我吓得哭了，在井里大声骂着文子，可是我的哭声我的骂声刚传到井外就被稀释在枯井上方的夜色中。井里有蟋蟀的叫声，还有我嘭嘭的心跳。村里的人已经安睡，夜也如流水般逝去。

我在寒冷中醒来。井口出现了一片黄色的光晕，天空很蓝，井底有阵阵的寒气袭击着我，我抱紧了双肩。天已经亮了。就在这时，有一只鸟落在了井辘轳上，欢快地叫着，我站起来，它嗖地飞走了。我多么希望自己是那只鸟，可以飞到自己想去的地方。我伸了伸懒腰，嘴唇翕动了几下，却没有发出半点声音。我已没有挣脱困境的力量。我不打算喊了，我希望文子能够想起我。

我又想哭了。即使没有人听到我的哭声，我也想哭。井外不远处传来一阵响亮的狗吠声，是文子家大黄的叫声，它朝这边跑了过来，围着井沿打个转儿，冲着井里的我直叫。接着，又传来了一阵嘈杂的声音，有许多人急切的脚步声，还有我妈妈的哭声，当然，也有我爸爸的骂声。我知道人们找我来了。我听到文子说："庆东就在下面。"我妈妈扑在了井沿上，大声喊道："庆东！庆东！你还好吗？"我故作坚强地回答："我在这里，我没事。快拉我上来！"我坐在筐子里，这时有好几个人在拉绳子，圆筐载着我快速地向上升。

当我一升到上面，我妈妈一把紧紧地将我抱住，生怕我会飞跑似的。她两眼失神地盯着我，好像不认识我一样。我的目光慢慢移动，全是我熟悉的人，他们的身后依然是那个我熟悉的辽阔的世界。

我可以叫你纯生吗

那天上午十点多我母亲打来了电话。这让我很惊讶，她从来没有给我打过电话。她不会使用现代化的玩意儿，虽然她的电话只是一部老人机，我还是教了好几遍她才学会怎么接电话。她记不住我的电话号码，老人机里的三五个电话号码也是我帮她存下的，即便是这样她仍记不住哪一个号码是我的。这个电话估计也是别人帮她拨的。

当时我一个人正在红花山公园闲逛。铃声在裤兜里凄厉地响起，我吓了一跳，一时竟不知是我的腿在颤抖还是手机在里面振动。我把手机掏出来。母亲的电话来得突兀，我担心有什么事，以最快的速度接了。我本应留在家里照顾二老的，可是我总是对外面的生活充满了向往，丢下他们来到了深圳。我在深圳混得并不好，我从来没有说过。我母亲从我平时的话中能猜测出我的境况，我总能听见她在电话那头的叹息。

我问："妈，有什么事？"

她没有回答我："你打工去了，每次纯生回来总会问起你。他大学毕业了，考上了公务员。"

我不耐烦地说："我知道。"

她又说："现在他调到了深圳，还是一个不大不小的干部。"

我没有想到纯生会来深圳。我知道我母亲的意思，她想让我找找纯生。我和纯生儿时的纯真感情早就因为某种距离而疏远了。我说的距离倒不是说地理上的距离，而是我们的身份发生了变化，注定彼此会越走越远。纯生是我的发小，从小在一起光屁股玩泥巴坨长大的，但现在他还是当年那个纯生？想到这里，我不禁生出一些悲凉。

这时候，我的脑海里忽然闪现出以前的图景：我们把手臂搭在对方的肩上，一起上学一起放学。纯生大我一岁，也高我一届。那年他高考失利，把自己关在房间里，两天水米未进，我怕他一时想不开，好不容易才敲开他的房门。他无精打采地坐在床沿上，头耷拉着，没有说话。我想安慰他，却不知道说什么。我自顾自地坐下，与他三步之遥，我看着他的侧脸，像具没有表情的雕塑。我发现他下巴竟然长出稀稀拉拉的胡须，有几根竟有两三厘米长。

我还在酝酿该如何遣词造句才能达到安慰他的效果，纯生却开口了。他说："我这辈子完了。"他脸上全是凄凉的神情。不就是没考上大学嘛，有什么大不了的，我就不信不读大学还能把人饿死，村里人都没有上过大学，不是也没有完吗？还不是照样活得好好的。我觉得纯生这样完全没有必要，当然我没有说出内心真实的想法。他停顿了一下，又说："我不甘心在农村待一辈子，然后说一门亲，结婚生子，日出而作日落而息。"本来这种生活就是我们所熟悉的生活，我一直都没有觉得有什么不妥，甚至觉得日出而作日落而息才是幸福生活的本来面目，我们的父辈不都是这样过来的吗？我觉得挺好的，但这种生活从纯生的嘴里说出来就变了味道，反倒又让我生出一些悲凉来。

我开始有些同情纯生了。我想了想说："要不，我不读了，你替我去考？"

纯生先是一怔，盯着我，半天没说话。过了一会儿，他走到我面前，蹲下来，紧紧抓住我的双手问："你说的是真的——吗？"

说实在的，我也不是读书的料，上课跟听天书似的，越学越没劲儿，特别是到了高二，更没有兴趣了，我们坐在后排的几个同学一上课就趴在桌子上睡觉。老师也不管我们，只要不影响别人学习就行。老师说无论现在回家还是坚持到最后回家，毕业证都会发给我们。既然都这个样子了，在学校里赖着不走也没什么意思，不如早点回家，这个学籍让给纯生也算是做了一件好事。我笑道："当然是真的，反正我也考不上大学，你这么想读书，不如让你读，兴许你还能考出个名堂。"

因为我一直在笑，纯生心里没底，他认为我在跟他开玩笑。他又问："你说的是真的？"

我说："当然是真的，我不是读书的料，这么干耗下去也就那么回事，你就不一样了，说不定就考上了。"纯生说只差一点儿就过本科线，但他具体考了多少分连他老爸老妈都不知道。我莫名对他有了信心，他对自己也有信心。他看着我，肯定地说："我一定能考上大学的。"我点点头。他站起来，大声说："我考上了大学就等于你考上了大学，我永远不会忘记你的大恩大德。"他这么一说，像对我许下了诺言，倒有些"苟富贵，毋相忘"的意思。

第二天，纯生一家都来我家了。纯生的爸爸是村里的治保主任，平时也爱帮人，一家人在村里的名声不错。他们一家走进我的家门，我父母就激动得手足无措了。纯生的爸爸手里提着两瓶十年陈酿的楚瓶贡酒，他妈妈手里拎着一壶芝麻油和两只老母鸡。我母亲坚决不收那些东西，一个劲地推着纯生的妈妈，像是要把她往外赶。纯生爸爸说："要是不收，就是瞧不起我们，我也不会让纯生去读这个书了。"纯生妈妈一个劲地强调："这些东西拿不出手，根本不能报答你一家人的恩情。"其实昨晚我父母还在骂我傻，说学籍怎么能让给别人呢，但是现在纯生一家把我们上升到恩人的高度了，我父母就变得不知所措了，东西接也不是不接也不是，嘴里除了"要不得"，其他的话一句也说不出来。

"跪下！考上了不要忘了马二叔一家，你的命运就是马得意给改变的。"纯生的爸爸不愧是村干部，说的话很悲壮，也很煽情。纯生"扑通"一声真跪下了，连给我父母磕了三个响头。从来没有人在我父母面前行过如此大礼，就是大年初一我给他们拜年要压岁钱也没有跪过，事情来得太过突然，我父母想制止都来不及，一边把纯生往起拉，一边说"要不得要不得"。从那天起，纯生正式拜我父母为"干爹干妈"。

纯生真如他爸爸说的那样，他的命运改变了。他考取了我们省最好的大学。纯生从村委会拿到了录取通知书，他是跑着回来的，他想把这一喜讯第一时间告诉我，而此时我正在稻田里插秧，身上和手上糊满了泥巴。他害怕泥巴会弄脏他的白衬衣，远远地站在干爽的田埂上，高高扬起那张录取通知书。一见他这个兴奋的样子，我就知道他考上了。我丢下手里的稻秧，朝着纯生走去。我把双手往身上擦了擦，正准备接过通知书好好看看时，我看到了纯生犹豫的眼神，便把抬起来的手放下了。我也害怕自己的手会弄脏弄湿那张录取通知书。那张盖有大学鲜红印章的录取通知书，上面写着我的名字，我有些悸动，仿佛考上大学的是我，而不是纯生。后来纯生去学校后就把名字改了过来，从此这所大学与我没有一丝关联了。

纯生上大学后，除了大年初一早上要给"干爹干妈"拜年外，再也没有踏进过我家的门，在路上遇到我也只是热情地打个招呼，说的也是大学里的事，而这些离我实在太过遥远。纯生读大二的那年，我交了八百块钱，被骗到深圳一家电子厂打工，所说的每天工作八小时月薪八百四天假，也变成了月薪四百没有假期，每天十二个小时坐在流水线上插那些大大小小的电子元件。没干多久我就辞职不干了，成了一个社会闲杂人员，靠给人帮点小忙赚取一点生活费。

不知道是不是我和纯生的缘分已尽。自从我出门打工后我们就没有再见过面了，我回家时他不在，他回家时我不在。

现在我母亲提起了他，我又一下子想起了纯生。我母亲可能还认为她是纯生的"干妈"，我还是纯生的恩人，纯生现在混好了理应兑现当初的承诺帮衬一下我。她说："我让人把纯生的工作单位和手机号发到你手机上，你记得要去找他。"我连忙答应。我收到了那条信息，纯生的单位和手机号赫然在目。我盯得出神。

我并没有联系纯生，人的身份地位一旦发生改变就很难走到一块了，想想自己混成这副德性，真是没脸去找纯生。当然这个我没有跟我母亲说，她问起时我也编了个理由应付过去。

是一个叫凌胜春的朋友让我再次想到了纯生。

凌胜春开了一家小型五金厂，因为安全问题被查封了。他找到了我。我哪有什么能耐，但是男人一喝上酒就有了通天的本事，哪怕让我去把天上的月亮摘下来我也敢答应。凌胜春却当了真，一个劲地问我认不认识安监办的人，我就想到了纯生，我说我一个堂哥在安监办工作，一个电话打过去就给办了。我跟凌胜春说起了我与纯生儿时的趣事，纯生顶替我学籍参加高考的事，还有纯生认我父母为"干爹干妈"的事。我说这些主要是想体现出我和纯生之间的关系，当然，我并没有夸大，事实本是如此。凌胜春开厂有好几年了，当然知道纯生的大名，显然他没有想到我和纯生还有这么一层关系。凌胜春惊得张大了嘴巴。他要我打电话给纯生，我掏出手机，犹豫着要不要打，其实我手机通讯录里根本没有纯生的电话，我想了一下，推托说现在打不合适吧。凌胜春想想也是，大半夜地找人帮忙，也不像那么一回事。

后来，凌胜春一直打电话追着问我咋样了，我纯粹是喝酒时吹牛而已，但又不能说吹牛骗他的，只好说已经说了，事情有点麻烦，正在想办法。凌胜春说："求人办事一定要送礼，要花多少钱你跟我说就行了，要不你带我去找他也行。"我含糊地应着，心里急坏了，万一那家伙真要拉我一起去找纯生，我又该怎么办呢？我真后悔吹牛。

人一旦被逼到没有退路时，往往就顾不上自尊了。我想到了我母亲那条短信。如果是微信我可能早就删了，这年头没人用短信了，正是因为这样，这条短信才能在我手机里顽强地留存到现在。看着纯生的工作单位和联系电话，我犹豫要不要打这个电话。我又想起高考的事，怎么说纯生的命运也是与我有关联的，如果当年我没有让他顶替我的学籍，他也不可能考上大学，更不可能有今天。这样一想我心里好像又有了几分底气。

我在超市里买了几斤苹果和香蕉，敲开了纯生的门。当时纯生还住在单位提供的集体宿舍，狭小逼仄，特别简陋，我却感到特别亲切。纯生的老婆胡丽是他调到这边后娶的。她一看到我手里拎的那几斤水果，脸色沉了下来，也不招呼我了，人坐得远远的，眼睛不时往我们这边瞟。纯生倒还热情，又是递烟又是倒茶。我们先叙了叙旧，提起了以前的事，说着说着我把话题扯到了凌胜春的五金厂，我担心纯生会婉转地拒绝，没想到纯生挺给我面子，竟一口答应，他说先解封后整改，以半个月为限，整改不了照样查封。我替凌胜春保证完成整改。宿舍太小了，我的眼睛一扫，就扫到了胡丽，她的脸上挂着富家小姐的傲慢表情。她盯着茶几上苹果香蕉，皱着眉头，连鼻子也皱了起来，眼睛露出鄙夷的目光，仿佛在嗤笑这些水果。我敢保证，我前脚出门她立马会把它们扔出门外。

后来我又找过纯生几次，有时打电话，有时去他家里。我明显感觉到他一家都变了。首先，他搬出了原来的集体宿舍，住进了西岸花园，据说西岸花园这一块地原来是海，后来被开发商看中了，填海造地开发了这一片楼盘，那里住的非富即贵。纯生家的装修和电器家具都超出了我的想象，这根本不是一个拿工资家庭用的。再一个，他夫妻二人一人一辆车，纯生开的一辆奥迪，而胡丽开的一辆车我不知道牌子，看起来很贵，只记得车前的标志像一把粪叉。纯生的额头宽了，脸颊宽了，肚子也凸了出来。而胡丽也不再是前几年看到的那副样子了，比过去稍胖了些，穿着打扮时髦，脖子上挂了根粗粗的金项链，脸上抹了层粉，很白，一丝血色也没有，连牙齿也变白了，一个皮包一直在她的手边，看起来很上档次，估摸着是几千上万块钱的奢侈品。她越来越像一个阔太了。他儿子向圳明显营养过剩，十来岁的孩子体重已超过一百斤了，像一个肉墩子。他一家人的态度也变了。胡丽的态度我并不会太在意，纯生的态度我还是十分在意的。想想以前我们在一起玩耍、上学、抵足夜谈的情景，我心里特别不好受。我知道这一切一去不复返了。纯生不再提以前的事，更不会笑着跟我说起顶替我学籍参加高考的事了。纯生见了我也没有前几次那种"他乡遇故知"的感觉了，爱理不理的，好像我欠他的钱一直没还，脸色比他老婆还要难看。

当我再次到纯生家找他帮忙时，他没有作声，用嘴不停地吹茶杯里的茶水。

"真是搞笑，你以为安监办是纯生开的？"胡丽坐在一旁一直没有说话，突然冒出这句话，确实让我感到有些意外。还没等我反应过来，她起身往房间里走，房间门被砰地带上。我像是被她拍在了门外面，眼睁睁地看着那扇门发呆。我整个人傻了，坐也不是走也不是，张了张嘴没有说话，自顾自地笑着，样子有些尴尬。我是被委以重任来找纯生帮忙的，这样回去怎么跟人家解释。我望向纯生。纯生还是没有说话，甚至连面部表情都没有，仍若无其事地吹茶杯里的茶水，像在思考什么。我无话可说了，默默坐着，直到后来都不知道是怎样离开的。

凌胜春批评我说："找人帮忙怎么可以空着手呢？"我心里纳闷，忙说："没空手呀，给他儿子买了两箱蒙牛牛奶。"凌胜春笑得喘不过气，指着我说："马得意呀马得意，我不知道你是真傻还是抠门，牛奶也算送礼？换着我根本不让你进门。"我说："以我跟纯生的关系，还用得着送礼？"凌胜春很严肃地说："就是自己的亲兄弟，要人家办事也得送礼。这年头，除了父母，都是赤果果（赤裸裸）的金钱关系，没有十棵土特产哪里拿得出手！"凌胜春说"十棵土特产"时拇指在食指和中指上快速地搓了几下，像他平时买单时数钱一样。"十万！"我差点惊叫起来。凌胜春说："十棵是起步价，这个行情你也不懂！"我像明白了他的意思，可是还在心里嘀咕，凭我跟纯生的关系用得着这个吗？这也太他妈的俗气了吧？

那次从纯生家出来后，才发现我跟纯生的关系远没有我认为的那样好，我再也没有去过他家了。我不喜欢看胡丽的脸色，也不喜欢纯生现在的那副样子。但有时真是没有办法，我得生活，免不了要找纯生帮忙，不管他高兴还是不高兴，我还是会厚着脸皮打电话给他。他的脸色肯定不好看，但是在电话那头，我也看不见，这让我有些无所谓。

一次凌胜春叫我出来喝酒，我没有想到在这次的饭局上会碰上纯生。我一进包间就看到了纯生，他坐在最中间的位置，看来是这次饭局的主角。这时纯生已是安监办主任了。喝酒时，凌胜春仿佛想起了我以前跟他说的话，他看了我一眼问纯生："马得意是你堂弟？"纯生淡淡地说："老乡！"我脑瓜子嗡嗡的，纯生波澜不惊面无表情的样子让我觉得越来越陌生，那份"干亲"的关系姑且不说，我们毕竟是一块长大的，他能考大学也离不开我，没想到他当着众人的面说我们仅仅是老乡的关系，那与我跟凌胜春的关系又有什么区别呢？纯生彻底变了。周围的一切也变了，他们看我的眼神也变了。

我憋着一股无名之火，一直喝着闷酒，直到酒散之际，我们一起送纯生出去坐车。即便心里再不痛快，场面上的礼节还是得顾及的。纯生不顾及我的面子，我还得给他留点面子，毕竟人家已是科级干部了，以后免不了还得厚着脸皮找他帮忙。可能是酒精产生了作用，我已忘记了刚才那让人不愉快的一幕，情不自禁地上前搂住纯生的肩膀。像我们小时候一样。

他的眼神冷冰冰的，看着我搭在他肩膀上的手，说："得意，你没事吧？"

我说："没事。"

他说："那就好。"

我捏了捏纯生的肩膀说："纯生，我们下次再喝。"

他把嘴巴伸到我耳边，轻声说："以后叫我马主任。"

我愕然了。纯生的声音不大，对我来说却像是一声霹雳，惊得我似乎打了一个寒噤。我望着纯生，这让我更加不认识他了。这还是纯生吗？还是那个说他考上大学就等于我考上了大学，永远不会忘记我的大恩大德的那个纯生吗？我知道过去的一切，纯生已然完全忘却了。我知道，随着我们身份的改变，我们之间泾渭分明，已然产生了一层很厚的隔膜了。我顿时清醒了，手从他的肩膀上滑落下来。我恍惚着答道："好，好。"我们的对话凌胜春他们没有听见，我像什么事也没有发生，脸上挤着笑，挥手和纯生告别。纯生走了，我还望着车远去的方向发呆。

从那以后，我再也没有提起纯生，更不敢在他人面前提起我和纯生以前的事。我也刻意不与纯生接触，凡是知道有他参加的饭局我会找个借口不去。

当我再次听到纯生的消息时，距上次在一起吃饭已三年有余了。命运真会捉弄人。纯生被"双开"了，他当了三年多安监办主任，贪污受贿达两千多万，房子都买了四套。纯生上了报纸和电视，电视里纯生痛哭流涕的样子让我看了心里不是滋味。幸好这档电视节目他父母看不到，可是他"出事"的消息肯定早就传回了村子。

纯生这几年整天在外面应酬，他的肝脏出了问题，坐了两年牢就保外就医了。得到这个消息我觉得应该去看看他，一想到胡丽，我心里还有些怵得慌。我犹豫了好长时间还是决定去看看纯生。

本来我打算坐地铁的，想想下了地铁还要走很长一段路，非走得大汗淋漓不可。我决定叫滴滴，对滴滴的牌子、颜色也做了选择。坐上车，顿时觉得自己的决定是多么英明正确。我怕被纯生两口子给看轻了。

纯生还住在西岸花园。纯生贪污的钱都上缴了，这套房子也保住了，我现在有点担心他能不能交得起那小区高昂的物业管理费。

车沿着海边公路行驶，我想着纯生的样子。纯生的样子很模糊，一会儿像儿时的他，对我亲热无比；一会儿是现在的他，表情冷冰冰的。

已是十二月了，如果不是阵阵寒风猛地往车里灌，我几乎忘记了这时已然是深冬。我晕车，把玻璃窗摁下一半。司机小声嘀咕了一句，说的是粤语，我听不懂，但是从他的语气中我感觉到他有些不满。我又把窗户升上去，只留下一条窄窄的缝。冷风从这条缝里吹进来，在车内打了个转儿，又从另一扇窗吹出去，带着呜呜的声音，让我想起幼时家乡寒风呼啸的冬天，纯生把冰冷的双脚放在我的屁股下面焐热，双手捧着书本，嘴里不停地背着那些知识点。当年我对纯生到底能不能考上大学也没有把握，我有点像赌徒，不知道自己押的注到底押中没有。现在看来我没有押中，无论纯生有没有考上大学我都没有押中。

一块巨大的石头映入眼帘，它的中间刻着"西岸花园"，字体遒劲有力，红色的字与黄色的石体相映，石头像涂了什么油一样，看起来很有光泽，字体红如血，石头黄如玉，沉稳凝重，宣告着它不同凡响的身份。石头的四围是一片绿色的草地，草足有一拃长，长得密密匝匝的。深圳没有牛羊，这草长得有点可惜。石头后面是一块小树林，有凤凰树、榕树、黄花风铃木、香樟树、木棉树，看起来郁郁葱葱的。西岸花园到了。

门口的女保安见了我，立即面带微笑从岗亭里的椅子上站起来，温柔地问我找谁。我拨打了纯生的电话，让他跟保安说。他听到我声音很激动，说根本没有想到我会来看他。女保安很礼貌地给我指了方向。大致方位我是知道的，虽然这么多年没有来了，但是楼盘不会走路，一直还在那个地方。

我敲开了纯生的家门。纯生见了我，有些不好意思，把我迎进了屋。我赶紧找拖鞋换，纯生忙说："不用不用，就这样进来。"记得上次来我套了鞋套，但胡丽看我的眼神都不一样，好像我的鞋会透过鞋套弄脏她家洁净的地板。胡丽坐在沙发上看电视，她站了起来说："得意来了。"

我忙应道："嗯，嫂子也在家，没去上班？"看到胡丽，我莫名有些惴惴不安。我在胡丽面前缺把火，那是以前在她强大的气场下落下的根。我记得有一次来他家，纯生硬留下我吃饭，胡丽一脸不高兴，我把头压得低低的，只顾埋头吧唧吧唧吃饭，我把筷子往菜盘里伸时正好碰上胡丽的眼神，手一抖，夹在筷子上的菜又掉进了盘子里。我不知道她是不是嫌弃我的筷子，其实每次搛菜时我都会把筷子放进嘴里吮干净。纯生请我吃了几次饭，那一次的饭吃得无滋无味，从此任凭纯生怎么挽留，我再也没有在他家吃过一餐饭。

胡丽微笑着，脸却红了，一直红到耳根。她白色的粉底下透着红，是不好意思的那种。这时我才发现笑着的胡丽其实蛮好看的。胡丽是深圳本地人，个子偏矮，她比上次见到时瘦了好多，倒更有南方女人娇小的美了。

纯生解释说："自从我出事后，她觉得丢人，怕单位的人在背后指指点点的，就辞职回家了。"

我"哦"了一声说："在家也挺好，挺好。"我不知道该说什么，我害怕哪句话说得不对又会惹胡丽生气，她会不会像以前一样，砰地把房间的门关上。

我心里还有阴影，每说一句话都会偷偷地瞄一眼胡丽。我担心的一幕并没有出现，她仿佛完全沉浸在电视的剧情中。我一进这个家就没了底气，路上想好的话全忘了。我没话找话说："给圳子买了两箱牛奶，不知他喜不喜欢。"胡丽转过头，脸上堆着笑说："看你，来就来呗，还带什么东西。"纯生也说："得意，你怎么这么客气。我们之间不用这客气。"

我嗫嚅道："不是什么值钱的东西，只要孩子不嫌弃就行。"

"嫌弃啥，有的喝就不错了。我们那时想喝碗鸡蛋汤都得家里来客了才有。"纯生说。

"你别说，这是真的，我们小时候真是喝不起鸡蛋汤。"我想了想说，"不过，纯生你鸡蛋汤喝得多，高考那两年你妈妈担心你营养跟不上，满村子给你买鸡蛋。"

纯生"嘿嘿"干笑两声，不好意思地搔搔头："那是，想想那时我还是挺幸福的。"

我们聊过去的事。纯生好久没有跟我聊过以前的事了，现在倒像是打开了记忆的闸门，那些往事他仿佛全都记起来了。我很兴奋，谈起过去我有太多的话要说。胡丽竟然在听我们说那些过去的事，笑意盈盈，有时还会点头，好像那些事情她也曾经历过，看起来让人觉得特别亲切。我无法把她与几年前的样子联系在一起。

我要走时，纯生说什么也不让我走，比哪次挽留我都要热情，胡丽也在一旁劝我留下来吃饭，态度倒也像是诚心实意的。

纯生嫌在家里吃麻烦，说去小区前面的餐馆。进电梯了，纯生没有摁负一楼的按键，意思他不会去地下车库开车，我想餐馆应该就在附近。出了电梯，我们沿着人行道往前走，走了近半个小时还没有到。向圳在前面跑，手高高扬起，好像在放风筝。胡丽穿着一双高跟鞋，细长的跟把路面敲得咚咚响，那声音在我们的身后响着，竟渐渐有些弱了。我担心落下她不好，扭转身子看了一眼，她冲我和纯生挥挥手说："你们先去，不用管我，我知道地方，丢不了的。"

纯生没有等她了，径直往前走。我始终觉得不好，故意放慢了脚步，等胡丽走近了，我没话找话，笑着说："有点远哟。早知道这样应该开车去。"

"没有车，"胡丽的脸又红了，她说，"车都卖了。"

我突然想起了那四个圈的奥迪和那辆带粪叉的玛莎拉蒂。

我没想到这话又触到了胡丽的伤心处，连忙说："走走路也挺好。"胡丽冲着我苦笑了一下，她眼睛里瞬间溢满了失落的神色。我仿佛听到了她轻声的叹息。人一旦没有了权钱这层外衣，就失去了气势，不过看起来反倒干净纯粹，不夹带任何高低贵贱的杂质。

纯生在前面等我，眼望着前方。他整个人瘦了一圈，头顶中间的头发有些稀疏，头皮看起来格外光亮。他已经开始脱发了，我不敢想象纯生头顶变得光秃秃的样子。

我看了一眼胡丽，她说："你们走得快，不用管我。"

我快走了两步，跟上了纯生。我们并肩往前走。

餐馆到了一天中生意最火爆的时候，永记海鲜、粤府楼、西部海鲜酒楼，家家都闪着霓虹灯，已有食客在里面享受饕餮盛宴了。我跟着纯生拐进了一个仅够两车并行的巷道，路边也摆着餐桌，许多男食客光着膀子正在划拳喝酒。这个场面很接地气，不过在这座城市里却只有在城中村或是偏僻的郊区才能看到。

我们在一家叫小湘厨的餐馆前停了下来。纯生说："就这家吧。"

我说："好。"

纯生说："这家价格便宜，主要是干净卫生。"

我说："卫生好卫生好。"

纯生把菜单递给我。我说："我不会点菜，我不挑食的，你随便点两个菜就行了。"纯生每点一个菜要看一眼胡丽，好像是要征求她的意见。点了六个菜，三荤三素，我和纯生一家三口，菜是够的，纯生又把菜单递给我要我点一个，我随手把菜单交回给了服务员："先这样吧，不够再说。"

纯生说："我们好久没有在一起吃饭了，要不喝一点？"我想了想，反正我也没什么事做，喝就喝吧，我嫌餐馆里的酒贵，正打算到旁边的烟酒行买瓶金习酒或是水井坊，纯生按住了我，他说他去买。我没有跟他争了，我得顾及他的面子。他走进了对面的美宜佳便利店，不一会儿就出来了，一手捏着两支小瓶劲酒。我想喝劲酒也行，保健酒比其他酒好。

胡丽和向圳一人一支椰汁。我和纯生是平均分的，一人两支劲酒。浑黄的酒倒进了小酒杯里，两只透明的小玻璃酒杯上面标有茅台的字样，是茅台酒的赠送品。用茅台酒杯喝劲酒，我觉得蛮带劲的，好像我们喝的不是劲酒而是茅台。杯小，一口一杯，这个分量拿捏得刚刚好，太多喝之有余，太少喝之不足。向圳用筷子在盘子里挑肉吃，胡丽用筷子敲了敲向圳的筷子，向圳撇着嘴，动作收敛了许多，可是管不了几分钟，又开始在里面挑了，像一只鸡在一堆粮食前挑挑拣拣。

纯生对着我尴尬地笑，一副很无奈的样子。我说："没事，谁小时候不是这样。"向圳已上初三了，应该不算小了，上次在他家吃饭时他还要胡丽哄着才肯吃。我想起了小时候吃饭时如果用筷子在菜盘里挑或是把饭菜掉在地上，我母亲会用筷子猛地往我头上敲，我记得我上小学后就再也没有在盘子里挑菜吃了，也从不浪费一粒粮食。

纯生又主动聊起了小时候的事，我也跟着把我们小时候的糗事说出来，胡丽在一旁听了，抿住嘴巴笑。我唯独不曾提及纯生顶替我学籍参加高考的事。我没有想到纯生自己提了，他说："如果当年没有你主动让出学籍叫我考，真不知道会是什么样子，在家里种地？还是做生意？或者出来打工？"

我脱口而出："都不会，你老爸是村干部，至少可以把你弄到村小当个代课老师。"

他又说："那又怎样呢？"

是呀，那又怎样呢，我被他问住了。

"也许比现在要好，至少不会坐牢。"纯生自己回答了，声音突然大了，带着哭腔，一下击破了旁边嘈杂的声浪，坐在旁边的食客都停止了动作，他们都听清楚了，筷子悬在半空中，目光齐刷刷地向我们这边投来。当我把目光瞪向他们时，他们赶紧把目光移走，又恢复了刚才的状态，那刚刚静止的声浪又响了起来。胡丽拉了拉纯生的衣角，纯生看了看她，她似乎想说什么，扫了一下四周，又把话咽了回去。纯生不再理会她，冲着我苦笑。我也不知道说什么，也跟着尴尬地笑。纯生举起酒杯也不说话就喝了，我也只好跟着喝。我想这是纯生一辈子也化解不了的一个心结。

纯生又苦笑了一下，站了起来，举起酒杯。我只得跟着站起来，把手里的酒杯和他的酒杯碰了一下，我说："过去的都过去了，我们重新开始。至少你还有嫂子，还有向圳。"我看看胡丽，又看看向圳，后者只顾在菜盘里挑他喜欢的菜。

纯生补充道："还有你！我的好兄弟——马得意！"

"是的，还有我！"我说。我想了想，犹豫着说："那……我可以叫你纯生吗？"

纯生一怔，说："当然，我本来就叫纯生。"

我说："纯生，喝！"

纯生把酒杯用力地碰向我的酒杯，酒杯里的酒溢出来一半，他说："得意，喝！"

我们举起杯正要喝，纯生像是站立不稳，身体晃了一下，他的手搭在了我的肩膀上，我也把手搭在了他的肩膀上。我们俩像站在船上，身体摇晃起来，周围的一切都在摇晃。这时，我看见有一滴泪从纯生眼眶里滑出，顺着脸颊滴进了他手中的酒杯。

文　员

一

从写字楼前经过时招娣总会流露出不舍，好像多待一会儿她就能进去似的。她对那里面所有的事物都充满了好奇和向往，尽管她瞧不上楼里那群穿白衬衣黑裙子的文员，但是她做梦都想穿上那一身衣裳。她从不为自己穿的是厂里最难看的蓝色工衣而自惭形秽，她自以为比写字楼里的那群文员要好看得多，如果她穿的是这身职业装，白衬衣往黑裙子里面一扎，胸是胸，腰是腰，一定能迷住刘助理。刘助理不同于其他台干，他是老板的侄子，写字楼里的行政经理都得听他的。她们都说他长得像谢霆锋。我倒没有看出来。

"迟早有一天我要进去的。"招娣咬牙切齿地说，带着求而不得舍而不能的恨意。她站在写字楼前，故意愣着不动。她每次都会做出这样的傻样，就是想让我拉着她走。我当然明白她的心思。我推着她，她一边走，一边不舍地回头张望。

一只鸟从我们前方飞过，"吱"的一声，钻进写字楼前边的那一棵高大的阔叶榕里。她又开始盯着那棵阔叶榕发呆。

"真是服了你了，"我笑着推她走，"你加油吧！"我希望我和她都像那只鸟，一挥动翅膀就能飞进写字楼。

我总会顺着她说话，我怕打击她嚣张气焰的同时也会影响到我的气势。进写字楼是厂里每一个女工的心愿，我们看见她们，眼睛里的羡慕毫无遮掩地流淌出来。在写字楼工作彰显的是一个人的身份地位，她们有冷气吹，有小食堂吃，有单人间住，有高工资拿。现在，我还不敢往那方面想，我知道自己的硬伤，做文员最不济也得有个大专学历，我那本红彤彤的初中毕业证像一块丑陋的疤痕，让人羞于外露。我和招娣同时报了自考，过了好几门课了，等拿到了文凭，我俩就去应聘文员岗位，就算进不了这里的写字楼也要去其他厂碰碰运气。我相信我俩并不比她们差。

招娣是我初中同学。她是家里的老大，她老爸老妈一直想要个男孩，老两口经过坚持不懈地努力终于革命成功了。她下面紧紧跟着三个妹妹一个弟弟，平均不到两年一个，光是超生罚款就把她家"洗劫一空"，用家徒四壁形容再恰当不过了。她说她能读完初中就是一个奇迹。我常去她家玩，几个妹妹和弟弟打闹个没停，这个刚哭完另一个又开始了。每次去她家，我不会把目光放在她的弟弟妹妹身上，而是盯着她妈妈出神，当时的我对这个身高不到一米五体重不过八十斤的瘦骨嶙峋的女人充满了好奇，我实在无法想象这样的身体怎么能稀里哗啦地生下五个孩子。初中毕业后我们都回到了家里干活，我们接受了九年义务教育，具备了胡思乱想的基本条件，我虽然没有灰姑娘嫁给王子的念头，但对自己的未来充满了憧憬和迷茫，或者说不甘心脸朝黄土背朝天地过一辈子，然后又像招娣的妈妈一样结婚后一口气生几个娃。谁都不想辜负青春，对于我来说最直接的办法就是出去打工。也说不清楚原因，就想到招娣，一约，就一起出来了。老天对我俩不薄，我们一到深圳就找到了工作。这家电子厂很有名气，订单多，出粮准，在没出门前就有所耳闻。我们直接奔这里而来，像投奔一个事先打了招呼的亲戚，亲戚一定会热情地接待我们。说实话，我俩心里是没底的。我俩像犯了错的孩子，小心翼翼地问门口的保安招不招工。那保安"不"刚出口，又把后面的话给吞了回去，眼睛直直地盯着我俩看。他严肃的猪腰子脸突然有了笑容，那一颗颗的疙瘩也活跃起来，颜色更紫了。他拨了一个电话，叽里呱啦地说着（后来我才知道那就是粤语，可惜说起来没有那些港台明星唱得好听）。他说让我们等一下。不一会儿，来了一个女人，身上散发着刺鼻的香水味。她查看了我们的证件，简单地问了我们几个问题，填上一张表，我们就算这个厂里的人了。同事说这个厂不招高中以下的员工，是相貌帮了我俩的忙。当然这一点也得到了证实，"猪腰子"常常拿一根胶棍来我们装备课巡逻，有事没事搭个话，给我们买水喝，刚开始我们还小心谨慎地回答他的提问，生怕晚上打瞌睡被他抓住后又要扣钱，后来在厂里混熟了就不爱搭理他了。他有自知之明，也不愿瞎子点灯，又去缠别的女工了。

每一个女人都会在自己身上找到优点。招娣的优点十分明显，她当然知道自己的优势，这也让招娣有了盲目自信的资本，她确定自己能进写字楼，就像初中毕业的她照样能进这个厂一样。作为她的闺密，损她是我必须要做的一件事，打击她的话我说了她也不恼，更不言放弃，像是与自己杠上了，反倒是我心虚了，不敢再损她，仿佛损她就是在损我自己。

我们打完卡往车间走去。麦少打完卡急匆匆地追过来。我用肘碰了一下招娣，她白了我一眼。麦少是我们装备课的，叫麦少群，深圳本地人，长得又黑又瘦，像只没有进化好的猴子，人特丑还特喜欢吹牛，他要我们叫他"麦少"，其实在本地土著这一块，他家属于穷人行列，但跟我们这些打工的一比，又是一个天上一个地下。叫就叫呗，叫了又不会少二两肉，于是我们都叫他"麦少"。自从招娣进了装备课，这小子就开始缠她了。同事们说"麦少想泡招娣"。麦少泡招娣让我也跟着沾光，吃了不少零食，下了好几次馆子。麦少摇头晃脑地走过来，他不跟招娣打招呼，而是冲着我说："走森（早上好）！"

他两只手臂垂着，一走，左右摇摆，真像只猴子。看到他的样子，让人忍俊不禁。我笑着说："走森！"

"走野侯森服嘞（上班很辛苦吧）？"

我说："嗨呀，侯森服呀！"

招娣白了他一眼，从嘴里甩出一句："废话！"

麦少嬉皮笑脸地往招娣身旁凑："内根满得唔得含啊（你今晚有空吗）？"

招娣猛地推了他一把，也来了一句粤语："猴仔，你做咩嘢（你做什么）？"

麦少被她推出去好远，他撇了一下嘴，笑了。他不再说话，又嬉皮笑脸地凑回到招娣的身边。

看着两人打情骂俏，我识趣地说："我走先了。"

招娣一把拉住我，用力捏我的胳膊说："啥你走先，一起。"

我被招娣"挟持"往车间走去，麦少也跟着往车间走。麦少吹牛的几板斧早被招娣摸透了，他跟别人吹起来没完没了，但和招娣在一起，一开口就被呛，现在已经有了恐惧症，在招娣面前不知道说什么好。也许这就叫"卤水点豆腐——一物降一物"。麦少没招了，只能一味讨好，每月十号发了工资第一件事就是请装备课的几个人吃饭，哪几个人呢？当然是跟招娣最要好的几个姐妹。我们岂能不知道他的目的，为了一顿好吃的就出卖自己最好的闺密确实让人说不出口，但为了打牙祭最终我还是选择拉上招娣。

　　麦少这种没有技术含量的做法是没有结果的，招娣压根瞧不上他。招娣想进写字楼做文员，他给不了。他给得了也不用在这里做一个普工了。招娣说他是最没有本事的本地人。

二

　　车间是不能说话的，说话被保安发现了要罚款的，车间主管也是从普工做起来的，对这种不人性的规定也很反感，会假装看不见我们偷偷摸摸说话的行为，有保安巡逻时也会善意地提醒。交头接耳的小道消息往往传播最快，像一个半成品在流水线上的传输带上不知不觉中就传成了符合质量标准的合格产品。刘助理在我们厂有点明星的味道，他的每一次出场都让我们发挥了狗仔队的功能，这种不太高明的宣传方式往往会达到意想不到的效果，甚至胜过了那些大张旗鼓的宣扬。于是，他的粉丝一个接一个地去上厕所。等她们回来时都变了模样：胖红戴上了假睫毛，小青打了腮红，思思补了淡妆，等等。一个个身姿挺拔地坐在流水线的胶凳上，像站军姿一样，等待刘助理的检阅。

我不屑此事。让我纳闷的是招娣，平时提起刘助理她的眼睛能发出绿光来，恨不得把刘助理生吞活剥，现在她却无动于衷，像一尊冰雕，面无表情地工作着。

消息不停传递着：刘助理到了生产一课。到了生产二课。下一站就是我们装备课了。按照他一层一层检查的顺序和检查时间来推算，他应该快到我们课了。我看了一眼挂在墙上的壁钟，他果然如约来到了我们装备课，在走进车间大门时我们已远远地看到了。

"来了来了。"大家小声嘀咕。刘助理身后跟着课长洪涛。平时在我们面前颐指气使的洪涛这时像一只哈巴狗，不停地跟刘助理说着什么，从他扳指头、指产品的动作来看，应该是在介绍生产任务的进度。刘助理面无表情地听着。等他到我们身边时，女工们已做了长时间的准备，都准备把自己最美丽的一面呈现在他的面前。

李兆丰看见刘助理和洪涛过来了，立即从凳子上站起来，他放下手中的产品，挤着笑脸贴了过去。刘助理从我们的身边走过。他走得很慢，边走边看我们工序是否到位。我不知道他是不是懂得这些工序和产品质量标准，但是这个时候谁也不敢马虎，都打起精神做工，手中的电子产品到了我们手中就成了艺术品。检测成品品质，塑封包装，纸盒贴条码，等等工序，一气呵成，这一系列动作我们做过无数遍，动作娴熟就像自己的左手握住右手，哪怕是睡着了也不会出任何差错。我们日复一日年复一年，麻木机械地工作，我们早已成了合格的机器人，而刘助理的到来像一束阳光照射到我们身上，又赋予了我们新的生命。

李兆丰从胖红手里抢过包装袋，用指头一搓就把口子打开了。"看见没有？看见没有？用指头搓开，而不是用嘴吹，以后再让我发现你们谁用嘴吹包装袋，我就罚谁的款，看你们记得住记不住！"我们抬起头望着李兆丰。洪涛用那根不锈钢伸缩管敲打着流水线自动传输带，边敲边说："动起来，手不要停，保持进度。"我偷偷瞟了刘助理一眼。他的头发有点长，右边的耳朵上还戴了两个闪闪发光的耳钉，侧着看还真有点像谢霆锋。他没有正眼看我们。刘助理已经结婚两年了，他太太在台湾，他要帮叔叔看厂子，一两周才能回去一次。这样说来他不正眼看我们也是再正常不过的了，也许他从骨子里就瞧不起我们这些打工妹。他已是有家有业之人，可是厂里的打工妹仍然对他抱有幻想，也许人们都有急功近利的心理，都想急切地通过最快捷的方式达到改善自己生活的目的，那么嫁给一个有钱人无疑就是最好的方式了。哪怕这种方式不是那么光彩，但是这年头大家只看结果。

刘助理有时驻足在我们身后，有时边走边看。他静静地看，既没有像李兆丰那样指责我们工序不严谨，也没有像洪涛那样督促我们加快进度。我偷偷地扫过去，他的眼睛飞快地四处睃巡，后来落在我的身上。我忙扎下头来。这时意外发生了。招娣站起来去打水，她拧开瓶子盖使劲一甩，瓶子里剩下一点水正好甩在了刘助理的身上。刘助理"啊"的一声，人往后退了好几步。我们全都停了下来。洪涛怔住了，从口袋里掏出纸巾忙不迭地往刘助理身上擦，这时水早已渗进了衣服里，怎么擦得了。李兆丰大声斥责："李招娣，你是不是瞎了，水泼到刘助理身上了！"我担心那水是烫的，那样的话招娣就真的玩完了。刘助理脸上的水已被他用手抹掉了，他尴尬地笑了，自嘲地说："早知道是这样，早上我就不用洗脸了。"他的幽默并没有缓解现场的尴尬气氛，我们傻傻地看着，揣度着招娣将会面临的后果。招娣吓傻了。她呆呆地站在刘助理面前，目光有些无礼地盯着刘助理。刘助理当然也看清了这个"肇事者"，他没有深究的意思，严肃的脸反倒有了笑容，摆摆手，用我们从来没有听过的柔和腔调说："没事了，没事了，大家干活吧。"说完他往前走去，他还回头看了招娣一眼，也看了我一眼。李兆丰气得用手指戳了一下招娣的头："你呀你，我看你……"话没说完气呼呼地去追刘助理和洪涛了。

　　我为招娣的"命运"感到担忧，如果被开除了，不知道到哪里还能找到这么好的一份工。虽说漂亮的未婚女孩在深圳揾工并不难，但没有文凭没有一技之长，也只能找那些工资福利很一般的厂。宿舍里还有胖红、小青，我顾不上给招娣留面子了，气呼呼地说："你早不打水晚不打水，偏偏刘助理来了去打水，还把水杯里的剩水泼到了人家身上。我真是服了你！"招娣呵呵一笑，抱着我，用很夸张的表情和语气说："好帅呀，刘助理真的好帅呀，真的帅呆了。"胖红与小青面面相觑，以为招娣受刺激吓傻了，一起侧着身子从我俩身边急匆匆地逃出了宿舍。

　　宿舍只剩下我和招娣。我说："都什么时候了，还在犯花痴！明天就等着卷铺盖走人吧。"招娣不以为然，从鼻子哼了一下说："刘助理没有你们想象得那么小气，他根本就没有生气。"我一愣，想了想刘助理当时的表现，确如招娣所说的一样，他并没有发火，脸上也没有露出一丝不悦的表情。招娣四周扫了一眼，用手捏着我的双肩，使劲摇晃着："你没有发现，刘助理他看我了，他看我了，我成功地引起了他的注意。"我呆住了。招娣冲着我挤眉弄眼，很难掩饰她的兴奋。这是她欲擒故纵的伎俩？我现在才明白招娣泼水是有意为之，而我们被她给骗了，还在傻乎乎地为她担忧。但是她这一招有用吗？

不管怎么说，招娣的这一招还是有风险的，万一惹恼了刘助理，他只要一句话，甚至一个眼神就能把招娣炒掉。厂里懂做的人太多了，谁不想在他面前表现一下？在结果没出来之前，什么情况都可能发生。我为她的鲁莽之举担心了一夜。招娣依然是那副没心没肺的样子，倒在床上呼呼大睡。

第二天，公告栏上并没有贴出处理招娣的告示。大家都在等着看招娣的笑话呢，现在好了，风平浪静像什么事也没有发生，这多少让人有些失望。她们小声说着话，偷偷地瞄招娣。李兆丰一整天绷着个脸，像是他受了处分。招娣无精打采的，似乎脑子里在想着什么事。招娣把希望寄托在第二天，结果还是老样子，该上班上班，该下班下班。洪涛没有来找她，就连绷着脸的李兆丰也没有找她。招娣失望极了，她垂头丧气地对我说："瞎忙乎半天，还以为这样就可以引起他的注意了，早知道是这样，我还不如直接向他表白。"

我觉得招娣有些疯了。"招娣，你就老老实实地上你的班吧，不要再起什么花花肠子了，咱们没有那个命，老老实实地上班，抓紧时间提升自己，等有了文凭，我们肯定能进写字楼的。"我边说边抖动书本。我还剩四门课，这四门过了，就可以拿到梦寐以求的专科文凭了。

招娣不屑一顾，人往床上一躺，教训我说："亚男，你还是省省吧，思思是正儿八经的大专生，还不是跟我们一样在装备课当普工。"难怪她现在不看书了，也不跟我一起报名考试了，她已经看透了。

我半晌才辩解道："思思是思思，我们是我们，她并不能代表我们，假如我们有证，就等机会来了。如果真有这个机会，我们又没有毕业证，不是白浪费这个机会了。"

"证证证，有证有个屁用！我根本就不相信有个毕业证就能进写字楼。唐四美的毕业证是东南亚证件集团办的，人家不是照样进了写字楼。"

唐四美是四川人，飞扬跋扈，刚进厂时也在装备课工作。她花一百块钱照着思思的毕业证办了张假证，后来因为刘助理的一句话就进了写字楼。这话也得到了人事课小任的证实。小任的话惹怒了唐四美，后来小任因复印错了一份文件而被开除了。厂里盛传唐四美是刘助理的"小三"。唐四美凭什么能迷住刘助理，身材好、盘子靓，仅凭这两条的话，厂里这样的女工多了去了，为啥她能入了刘助理的眼，都说是她会嗲，"活好"，刘助理上去了就不想下来。自从有了唐四美后，刘助理跟写字楼的其他女人有了距离。如果一个男人一辈子只拥有一个"小三"，那说明这个男人也是一个痴情的种。也有人说刘助理害怕唐四美，这么说来也有几分道理了，不然招娣那样骚情他，他竟然没有反应，招娣说她宁可相信世上有不偷腥的猫，也不相信世上有不偷腥的男人。招娣竟然厚颜无耻地说："他是不知道我的'活'，尝到我的甜头，保管他也下不来。"

我把指头竖在嘴中间说："小姑奶奶，你要不要点脸，这种话也说得出口。"

"什么要不要脸的，好看的脸就要当饭吃！不能当饭吃不是白瞎了我们这张脸。"招娣理直气壮。

三

　　装备课有两个另类。一个是我，一个是招娣。

　　为什么被称为另类？只是因为我和招娣两人平时从不加班，只有赶货时我俩才会加班。装备课的个个都想加班，特别是节假日加班工资是平时工资的一点五倍。我不加班是因为我要考大专文凭。招娣不加班是她要去公园学跳舞。招娣说一个人要想真正从农村走进城市，就得让身上脱掉乡土味，最好的办法不是换服装换发型，也不是看你有什么技能，而是跳舞，只有跳舞才能改变你的形体、你的气质。我还以为她会说是读书呢。她说读书不行，读书只会让人越读越呆，怎么可能会改变一个人的气质。

　　招娣专门报了班，每个月二十块钱，有专人负责教跳舞。招娣好像不知疲倦的机器，一下班了就是冲凉换衣服，飞似的往广场跑。什么慢三中三快三，什么慢四中四快四平四，还有什么恰恰吉特巴，这些都是招娣告诉我的。她要我跟她一起去跳舞。她说刘助理喜欢跳舞，每天晚上都跟唐四美在广场跳舞。如果会跳舞了，就有机会和刘助理跳，和他的拍了，进写字楼不是水到渠成？我不肯。我不信她的歪理邪说。

　　每晚跳舞散场后，招娣好像没有跳够，总是郁郁寡欢地回来。她在狭小的宿舍里小心翼翼地跳，一嗒嗒，二嗒嗒，转身，等我们都准备睡觉时，她又一个人出去了。刚开始我感到好奇，担心她出什么意外，就偷偷地跟在她身后。原来她是等着厂里打篮球的高管、保安走后，一个人独霸整个篮球场。她左手伸出，右手环抱，像抱着刘助理，不停地在篮球场跳着，旋转着，宽大的球场成了她一个人的舞厅，她的身体在灯光下照出一个歪歪斜斜、瘦弱的影子，像一棵长相奇特的孤零零的树。篮球场在灯光下没有了颜色，而招娣的身影就成了唯一的色彩。我远远地望着，她丝毫没有觉察到我的存在，不知疲倦地跳着，像一只迷途的羔羊在篮球场内打着转儿。我不知道我该不该为她指出一条走出那个怪圈的路径。我想不用了，累了她就会停下来，往哪里走都会是一条坦途。我看着招娣跳舞，看着看着，眼睛莫名其妙地湿了。

那次考试，四门课我全部都过了。我焦急地等待着毕业证书的到来。两个多月吧，毕业证就快递到手了，我感觉像等了好多年。我得开始下一步的计划了。一切都是按照我以前设计的"剧本"走的。我把自荐书和身份证、毕业证复印件递给了唐四美。请人帮忙当然得有所表示，我专门为唐四美买了一条丝巾。我把丝巾给她时，她轻蔑地哼了一下。她没有说话，脸上浮现出高傲的神色。她看我时怪怪的，带有一种警惕，拿眼睛剜我，剜得我浑身不自在。在她面前，我有些自卑。我把头扎了下去。

平时我在装备课并不觉得自己哪里不如人，唐四美像一面镜子，一下子就照出了我的自卑的灵魂。我把头抬起来，眼睛看也不是不看也不是，有些局促不安，好半天才挤着笑容，恳求道："还请您为我在刘助理面前多说两句好话。"我特意用了"您"，语气有种深深的谦卑。她又哼了一下。我不知道她哼是什么意思，慌了，昨天想好的话一下就全忘了。我不知道说什么好。我就那么傻站着。她见我没有话说了，拿着自荐书和那条丝巾往写字楼走去。她走路时扭动着屁股的样子真的很好看，我突然想到了"活好"。

那条丝巾后来我看到了，只不过戴在人事课舒畅的脖子上。

我问舒畅："我的自荐书有没有看到？"她说："看到了。"我问："唐四美有没有跟刘助理说。"她说："不知道。"她补充说："唐四美说要招有一定工作经验的，你光有文凭是没有用的，你得会办公软件，有一定工作经验。"这事对我打击不小，好容易把毕业证考下来，现在又得有工作经验。

我进写字楼的梦想就这样破灭了，发展的路线根本没有按照我设计的"剧本"走。尽管我的"剧本"里也有铩羽而归的桥段，我应该有心理准备才是，只是突然遭受这个打击还是有些接受不了。我不甘心。我仔细分析舒畅的话，不，是分析唐四美的话，也许她根本没有把我的自荐书递给刘助理，她这样说是在敷衍我，但仔细想想她的话似乎又很有道理。我必须在自己身上找原因，只有这样我才能不断提升自己。

我花了六百块报了个电脑初级培训班。我让招娣跟我一起报，她不肯，她要跳舞，也不知道她有没有和刘助理跳上一曲舞，和上刘助理的拍，按照她的说法应该是没有，因为她一直跟我在一起上班，不过她越来越精神了，好像她身上的乡土味祛除了，从她的衣着打扮和谈吐来看越来越像一个深圳人了。而我在她的面前仍是以前的那个乡下女孩子。我越来越不自信了。

上了三个月课，Word文档排版、Excel表格制作、数据分析统计、PPT演示稿制作，最基本的办公软件我都会操作了。老师说凭我现在的业务能力，做一个企业的文员是完全没有问题的。老师的话让我再次有了信心。

我再一次向唐四美递交了自荐书。自荐书是我亲自设计的，把我的优点全部囊括。怎么说呢，我对自荐书是比较满意的。我已没有了当初的勇气，我自己的变化让我自己有些无所适从，也许我并没有准备好。但是内心又在不停地逼迫我去把自己推销出去。我不知道这次的推销手段有没有效，我的自荐书有没有让人眼前一亮，我锲而不舍的精神有没有让唐四美感动。

我一直担心的事还是发生了，它果真如我意料的一样，再一次没有了音信。我不知道什么原因，找不到原因才让人感到沮丧。

四

那天，招娣干巴巴地说："亚男，引娣、来娣要过来。"听她的话也没有要见到妹妹的兴奋劲，倒是有些不情愿的意思。

我问："引娣不是在读高中吗？来娣也刚初中毕业，她们和我们一样，什么都不会，来了能干什么？难道像我们一样做普工？"我让招娣劝引娣、来娣在家中多读两年书或是学一门手艺再过来。我担心招娣话说不透，我专门打了电话回去，道理讲了一大堆，电话那边引娣、来娣嘴里呜呜地应着，好像我的话起了作用，她们来深圳打工的意愿已没有那么强烈了。我长吁了一口气。

我感觉我的话音儿刚落不久，引娣、来娣提着行李就过来了。

通常，深圳这两个字说起来就不一样，好像里面暗示着什么。对于大部分打工仔而言，深圳确实是一个好去处，它毗邻香港，好像带着香港的繁华，总之，它是个令人向往的地方。我不知道是不是基于这方面的考虑，引娣、来娣就这样不管不顾地来了。来了就来了吧，我还能说什么呢。我只得帮招娣安顿引娣、来娣，先是带她们在厂门口的小吃店吃了两块钱的炒粉，可能是第一次吃这种东西吧，她俩连一小截粉丝也没留下，盘子像洗过一样干净。"既然来了，就得把她们的工作安置好。"招娣强调说，"这才是当务之急。离太远我不放心，最好还是在我们厂。"招娣说得轻描淡写，其实难度不小，首先学历这一块就不好过关，我不知道她俩有没有我们这样的好运气，为避免发生意外，我建议招娣去找李兆丰帮忙。招娣请李兆丰吃了饭，还送了两条芙蓉王烟，才把她俩一个塞进了生产课一个塞进了高发泡课。

现在引娣、来娣来了，我以为招娣不会再去跳舞了，她应该好好照顾两个妹妹才是。招娣总是会让我感到意外，她依然去跳舞，引娣、来娣进了厂，就像被她随意撒进地里的种子，能不能生根发芽就只能靠天说话了。她只是在工作闲时才会拉着我去看看她们。她像刘助理巡查车间一样，有时上去叮嘱两句，有时瞥一眼，知道她俩在就行了。

我不想再管招娣的闲事了，其实我也管不了，我得为自己的前途考虑。仅有大专文凭离转深户还有四十分的差距，这四十分对于我来说不知道要积到什么时候。厂里每年都有转深户的指标，一般都是给那些课长、拉长和写字楼的文员，一线的普工绝无这个可能。看来也只有进写字楼一途了。想到进写字楼也没指望了，我心里异常难受。

就在我整天为此惆怅之际，招娣又告诉了我一个意外的消息，她说她和猴子拍拖了，决定国庆期间结婚。她的保密工作做得很到位，她所做的一切都在悄无声息中进行，现在离国庆节也就一个多月的时间了，这个时候才告诉我就是说她早已做好了决定。虽然现在也流行闪婚，但招娣这样我还是有些生气，太拿我当外人了。气归气，我还是得为她瞎操心一番。我又把麦少整个人梳理了一遍，他有什么值得招娣中意的地方？他可以在车间里无所事事地混时间，还可以大摇大摆走动，课长拉长也不说他，也许这也是本地人与外地人的差别。麦少这个让我们羡慕的优点，仔细想想不就是个不求上进的二流子吗？麦少跟我们一样上班，工资、社保却比我们高一大截，因为他是深圳户口。厂里买社保分两档，深户是一档，其他户籍是二档，深户买的养老金比二档多大几百块。我好像突然明白了招娣的真实目的。

招娣想搞深户，这个麦少能给。以前招娣还呛过麦少凭什么比我们工资福利高一大截，麦少说嫁给他立马就是深户，也可以拿跟他一样的工资福利，当时招娣骂他"癞蛤蟆想吃天鹅肉"。招娣想当文员我可以理解，但是弄个深户干什么，难不成你要在深圳打一辈子工？招娣说有深户社保不一样，还可以买安居房。我真没有想到她竟然还有这种心思，觉得她心太大了，出来不到一年，就有了留在深圳的想法，是不是那一句四处可见的"来了就是深圳人"蛊惑了她。那时我也笑她："你嫁给麦少得了，也不用什么积分入户了，多省事。"她听了倒也不恼，反倒若有所思。现在这话竟然成真，我却有种怅然若失的感觉，又不是我嫁给麦少，我为什么心里如此难受？

我想了好久，决定找招娣谈谈。

文员们早就下班了，"猪腰子"坐在写字楼门口的椅子上打盹。篮球场空无一人，换着往日这个点应该是招娣在此翩翩起舞的时间。我突然想到，好像最近一段时间招娣没有跳舞了，也许是和麦少约会去了。

我大声问："为什么突然有这个决定？"

招娣当然知道我问的是什么，她却故意说："什么决定？"

我瞪着她。她冲我扮了个鬼脸。

"你有没有考虑清楚，不要一时冲动误了一生！"

"你以为我疯了吗？其实我考虑很久了。"她懒懒地，淡淡地说。

"你家里人知道不？"

"我说了。他们都没有意见。"

"可是我有意见！你知道你这叫什么吗？你这叫自暴自弃！你这叫自甘堕落！"不知为什么我激动起来，说得自己涕泪涟涟。

"我当然知道猴子配不上我，这个我比谁都清楚，可是这又怎样呢？你知不知道，从来到深圳后我就发现我回不去了。我必须在这里生活下去。"招娣指着写字楼气呼呼地说，"凭什么她们能进写字楼，你以为她们真是靠自己的本事吗，狗屁！一个个人模狗样的，不都是跟刘助理有一腿吗？凭什么李兆丰调戏我们而我们都不敢声张，因为声张了吃亏的还是我们，我们是女孩子，我们的名声比男人重要，我得忍，你不是也这样吗？不忍能怎样，他一纸报告打上去就可以炒掉我们，课长是听他班长的还是听我们做普工的？官官相卫的道理我懂。"

"可是我们可以不选择走这条路。"我说，"就像你现在可以不嫁给麦少。"我懂"宁拆十座庙，不毁一桩婚"的道理，但是招娣嫁给麦少我真接受不了。

"亚男，你以为我愿意吗？可是我想过的生活我自己做不到，你不是为了进写字楼也付出了很多吗，可到头来还不是进不去。"招娣指着自己接着说，"我为了做这个文员整个人都豁出去了，结果人家看不上我。我是没办法了。你懂不懂？我没有办法，只能这样做了。"招娣说完双手一摊，一副无可奈何的样子。

"你可以继续做你的普工呀。"

招娣说："做个普工，一个月就那么一点儿钱，靠省吃俭用攒一辈子也买不起房。没有钱我们什么也不是！"

我一时无语，眼泪哗地流了下来。

"猪腰子"被招娣的声音惊醒了，他不知道发生了什么事，呆头呆脑地站在那里，眼睛往我们这边望，放在椅子上的那根橡胶棍也捏在了手里。

我抹去脸上的泪水，示意招娣小声一点。

招娣稍作停顿，指着前面那棵大榕树对我说："我们每一个打工人都像这棵榕树上的气根一样，哪怕是小小的一阵风，一吹就摇摆不定，我们根本无法左右自己的命运，我们只能抓住每一次下雨的机会，而不能选择这雨水是清澈的还是混浊的，只有拼了命地吸足水分，拼了命地往下扎根，扎到地里我们才算扎下了根，才算有了安身立命的根本，这也是我要嫁给猴子的原因。"

我无力地长叹一声。我想起了我们小时候，家里那么穷，却活得无忧无虑，人长大了反而活得更累了。

五

我把自荐信和个人简历揣在裤兜里好久，在一个无人的清晨把刘助理堵在了去写字楼的路上。我知道自荐信交到唐四美那里指定到不了他的手上。他像刚从唐四美的温柔怀抱里起来，嘴角里流淌着意犹未尽的意味。他神色暧昧地看着我，眼中有一团火在燃烧。他看了一眼自荐书，我担心自荐书会燃烧起来，他把自荐书揣进了口袋，又开始欣赏我，眼睛都不眨，他眼里的那团火仍在燃烧，看得我整个人都在燃烧。他拍拍我的肩膀，嘴快要抻到我的脸上了，意味深长地说："条件不错，考虑好了再来找我。"他的嘴唇明晃晃的，像糊了一层油。

他没有说考虑什么，但是我明白他的意思。我对办公室的工作没有一点经验，那种地方虽小却是争风夺宠的角斗场，表面上个个衣冠楚楚笑意盈盈，暗地里钩心斗角相互倾轧，到处都是陷阱，一不小心就会被人告了黑状穿上小鞋，没有一个人罩着真是寸步难行。我想说什么没说出来，叹息一声。当我抬起头时，刘助理已转身走出了我的视线。

我茫然不知所措。有些事情就是这样，想得到时连睡梦里都想，真可以得到时，却又犹疑不决，总觉得这样太委屈了自己，放手吧又觉得过了这个村就没有这个店了。如果这样平庸地过一辈子觉得太亏了。我心里憋屈极了。

我想约招娣出来喝一杯，我有好久没有见她了。这次是我请客，还是在一品屋烧烤。

招娣肩膀上裹着一件纱巾，抱着一只猫，胖乎乎的，一尘不染的纯白长毛，而她却染了一头紫红色的头发，一副贵妇人才有的样子。我惊奇地发现现在的招娣比以前看起来更有魅力，更有味道了。不过我发现招娣满眼忧郁，看起来心情不是很好，这不像她的个性。她经常跟麦少吵架，也没见她这样过。我还没有开口，她已经开始把面前的那一杯扎啤一饮而尽，杯子里只剩下一点白色的泡沫。

"我离婚了。"她说。

我怔住了。

"为什么？"

"不为什么，不想在一起过了。"

"当初可是你死活都要选择麦少，不跟他好好过日子，两年不到你又离婚了。"我知道我没有资格教训招娣，可是我还是忍不住冲她发了火。

"我从没有打算跟他过一辈子，我陪他过这两年已经对得起他了。"招娣怨恨地说。

招娣把话都说透了，我还能再说什么呢？毕竟她才是我的闺密，麦少又算得了什么呢？我问她有什么打算。招娣和麦少结婚后就没有在厂里上班了，麦少进了社区的联防队，招娣也进了社区收发室，专门为社区办公楼的每间办公室派发报纸。那时我真羡慕她，她过起了养尊处优的阔太生活，上班就两个小时，其他时间就是喝茶打牌弄指甲弄头发。

"你以后怎么办？还在社区上班？"

"哪能呢？我一跟猴子离婚，社区就把我炒掉了，人家还是向着本地人的，我是深户也还是外地人。"招娣疲惫地笑了。

"那你怎么办？"我又问。

"走一步算一步呗。"招娣给我的感觉像是得到了解脱，又有些失落。

我不禁为她以后的生活担心，关切地说："我这里还有一点钱，要不你先拿去用？"

"你那点钱哪够我用？我自己有钱。"招娣笑了，"不过我还是要感谢你，好姐妹还是好姐妹，时时惦记着我。离婚我问猴子要了三十万。"招娣的笑很勉强，看得出做出这个决定她也很挣扎。

"三十万？这么多！"我简直不敢相信自己的耳朵。"麦少他也给？"

"我没问他要五十万就算便宜他了。"招娣补充道，"你知道的，我跟猴子之间没有感情可言，他对我来说只是一个嫖客，只不过是把这两年嫖的钱一起结账而已。"

我吃惊地打量着招娣。她很平静地看着我，好像刚才她只是讲了一个故事，一个别人的故事，与她没有一点关系。我不知道这两年时间招娣经历过什么，但是她已经不是那个和我一起来打工的招娣了。

招娣做了本地媳妇，但是这两年并没有闲着，她用麦少的钱炒股也赚了一些。招娣说："我盘下了一个服装店。如果你感兴趣可以到我店子里打工，我送你百分之十的干股。"

我说："我不是做生意的料，还是在厂里打工吧。"

招娣笑了："你还想着进写字楼，有个屁用，有钱就是王道，其他的都是扯淡。"

我对招娣没有信心，我对自己也没有信心。我觉得还是在厂里打工牢靠一些，不管怎么样，每个月准时发工资。我最大的理想是进写字楼，到现在这种想法还是没有变。

招娣离婚这事让我有些失落。她看到我的样子，双手去挠我的腰窝。我没有笑，她却咯咯笑了，眼中含着泪。我看得出，她的眼泪是往心里流的。我把想对招娣说的话全都咽进了肚子。我知道没有必要说了。

分开时，招娣挥手与我告别，我知道她也是在跟自己的过去告别，她的生活又重新开始了。我开始想自己的事情，我觉得是时候做出决定了。这时我眼前一亮，仿佛我黯淡的打工生涯即将迎来明媚的春天。

第二天一早，我又在写字楼前看到了一只鸟，"吱"的一声，钻进写字楼前边的那一棵高大的阔叶榕里。我不知道是不是以前的那一只。我环顾左右，招娣并不在我身边，如果在，她会不会又盯着那棵阔叶榕发呆？我生怕被人发现，快步走进了写字楼。我直接冲进了刘助理的办公室。

舒畅给我办的手续。新厂牌，文员服装，单身宿舍的钥匙。刘助理说等深户指标下来了就把名额给我，不知道为什么我却高兴不起来。

第一天在写字楼上班，我浑身不自在。唐四美板着脸，一直在卡座那边怒视着我。我不敢看她。没有人给我安排工作。我一个人坐在办公椅上，傻乎乎地盯着电脑屏幕。我感到极度空虚，仿佛这一切太不真实，我怀疑我根本无法适应这样的工作，可是我走进写字楼后就决定要立足扎根，像窗外的那棵榕树一样。

下班了，我昏昏沉沉地走出写字楼。回到了文员宿舍，我终于拥有了一小间属于我自己的宿舍。我掏出钥匙，插进锁眼，轻轻一扭，门开了。刘助理一个人在里面。他冲我咧嘴一笑。他身着一件白色的浴袍，看到他这身打扮我仿佛已经赤裸着身体。他上前拥我入怀，我的眼泪悄然滑落至他的肩头，他却浑然不知。

乞身人

一

陈富兴兴致勃勃地扛着渔竿出去，好像他扛的是一把枪。回来时却蔫不唧儿的了，两只塑料袋子瘪瘪的，一看就知道是打了败仗。那细细的渔竿前两节没有收缩回去，欢快地晃动，像是在笑陈富兴。

姜蔓芬见他空手而回，有些意外，问道："肥龙不让钓？"水库被肥龙承包后，来钓鱼的都是一些有头有脸的人，一到节假日水库周边停满了车，一个个戴顶耐克、MLB遮阳帽，黑色蛤蟆镜，像来了一群西部牛仔。陈富兴在姜蔓芬眼里不属于"有头有脸"的人，肥龙不让钓再正常不过了。

陈富兴脖子一梗，一根青筋窜了出来，像一条蚯蚓在脖子里蠕动。他说："他敢管老子，再怎么说老子还是他没出五服的叔！"

"那咋没钓着鱼呢？"姜蔓芬不解地问。

陈富兴眼一瞪，眼珠子恨不得要飞出来："他个狗日的，只顾着赚钱，把水库上面的荔枝林给包出去了。"

肥龙从来没有消停过，总是想着法儿去捞钱，什么挣钱就干什么，把荔枝林包出去有什么了不得的。姜蔓芬被陈富兴的眼神吓得怔住了，表情中充满了疑问，像在问："那跟你钓鱼有什么关系呢？"

陈富兴解释说："承包荔枝林的是几个广西人，他们躲在林子里面养猪，猪粪直接排到水库里，臭死了，好多鱼都被猪粪熏死了。水面上漂着一层死鱼，这天气，一晒，更臭了。"

姜蔓芬像闻到了那股猪粪臭味，皱着眉头问："肥龙不管？"

"管什么管，养鱼能挣几个钱？收养猪场的租金比养鱼来钱。再说死的都是福寿鱼，毕竟是少数，那些塘鲺、草鱼吃猪粪反而长得更快。"陈富兴有些惋惜地说，"只是可惜了这么好的水库，以前还有人划船、拍照、年轻人拍拖，现在好了，连鬼影都没有一个！"

"那些钓鱼的呢？"

"现在也很少有人来了。"

"操他先人，这个畜生！怎么不得猪瘟！"姜蔓芬骂道。

陈富兴又瞪了姜蔓芬一眼。"操他先人"不是连他也一起骂了吗？姜蔓芬回过味来，捂住嘴讪讪地笑。

陈富兴没退下来前，到了周末会背着渔竿出去，一天能钓回不少鱼，够老两口吃几天。虽说姜蔓芬的茶饭手艺好，变着花样弄，但是也害怕顿顿吃鱼，她见了鱼都有点反胃了，只是陈富兴喜欢钓鱼，她也不好说什么。有一次陈富兴从水库回来，兴奋地告诉姜蔓芬，说看到有米把长的草鱼。那是肥龙下的种鱼，全靠着它们甩籽繁衍鱼苗。那些大家伙围着鱼钩打转儿，就是不吞饵，陈富兴急得像那几条鱼在岸边直打转儿，恨不得直接跳进水里抓。

后来，陈富兴约陈三炮、陈二麻子、黑老鸦一起去水库找那几条草鱼。那些有头有脸的人坐在遮阳伞下悠闲地钓鱼，他们却是偷偷摸摸的。水库巡查员早就盯上他们了，一看是肥龙的叔，不好管，又怕他们打种鱼的主意。眼看着四月了，种鱼到了产卵排籽的时期，它们在水面活动得更频繁了。那个巡查员歪戴着大檐帽，脚下一双脏兮兮的长筒胶鞋，像水里的鱼一样游弋着，警惕地盯着他们。他身上有一股浓烈的猪粪味，他一靠近，陈富兴就屏住呼吸。他们几个围着水库转，一直转着，巡查员有些不耐烦了，索性不管了，仰身睡在躺椅上打盹儿。

几经周折，他们终于在水库的另一侧找到了那群草鱼。它们正顺着水边慢腾腾地游动，黑脊背露出了水面。几个人兴奋地擦了擦手。他们一直在追它们，而这些草鱼似乎知道了，跟他们玩起了躲猫猫，看见他们来了就往水中间游，太远了，甩竿甩过去失去了准头。甩竿又叫"锚鱼器"，比普通鱼钩要粗要锋利，一甩出去迅速回收，鱼钩经过鱼的身体会快速钩入鱼的体内，钩住了就跑不了了，即便侥幸逃脱也无生还可能。甩竿对鱼类伤害巨大，市面上已不让卖了。可是有这么好的工具在手，却连续两个周末都没有得手，每个人脸上堆满忧愁。现在看见它们的位置这么近，哪有不兴奋的道理？他们睁大眼睛，双手攥住甩竿。位置已选择好了，只等陈富兴发指令了。陈富兴与他们对视了一下，都是老钓友了，只需一个眼神就知道下一步要做什么。

陈富兴"打"字一出口，四根甩竿齐刷刷地飞了出去。那群鱼有十多条，最大的那条游在最前面，其他的草鱼紧紧地跟随在后面。陈富兴事先跟他们商量好了，就打那条头鱼，它没有几年活头了，其他的正值壮年不能打，它们正甩籽呢。鱼本来一条挨着一条，像一团黑色的云朵，正在悠闲地飘动，当鱼钩打过来，它们丢下那条头鱼迅速四处逃窜，隐入水中不见了踪影。

鱼打上来了。一米来长，估计三十来斤。几个人笑呵呵地盯着草鱼。陈富兴一看鱼鳞，心里暗叫"不好"，这条鱼并没有他想象中那么老，最多七八年的样子。陈富兴叹息一声，坐在地上抽烟。几个老哥们都看出来了，也跟着坐在地上。没有人说陈富兴眼光差，但这种沉默反倒让陈富兴更加难堪。

鱼平均分了，陈富兴要了鱼尾部分，他怕看见那条鱼的眼睛。姜蔓芬连做了几天的鱼。鱼很肥，鱼油漂了一层，做的汤喝起来鲜香可口。陈富光吃完饭会抽上一根烟。姜蔓芬以为老头子沉浸在鱼的美味中，露出了得意的笑容，饭菜能得到陈富兴的肯定让她很有成就感。后来，陈富兴亲手砸掉了那根甩竿。他砸甩竿时的样子很凶，姜蔓芬不知道原因，也不敢说，只能眼睁睁地看着他砸，她心痛不已，那渔竿上千块买的。好长时间他都没有去水库了。

陈富兴算是功成身退了，也没事干了，黑老鸦来家里拉了他几次，陈三炮、陈二麻子也约了好几次，他才又拿起了钓竿。

叭！

陈富兴把渔竿扔在了地上。姜蔓芬看陈富兴并没有发火，脸上却流露出隐隐的忧虑，她不以为然地说："钓不了鱼就不钓，有什么大不了的，真是想钓了同我娘家去钓。"姜蔓芬是江西人，八十年代初来深圳打工，后来嫁给了陈富兴，是村里第一个外嫁过来的，陈富兴也成了村里唯一一个在家也要说普通话的人。姜蔓芬娘家有一个大鱼塘，人家都忙着干活，谁有闲工夫钓鱼，陈富兴陪姜蔓芬回娘家时会过足钓鱼瘾。

"钓不了鱼是小事，我担心水库要毁在这小子手里。"

"毁就毁呗，与你何干，你一个退了休的老头子，没有孙子让你带，就在家里享享清福，"姜蔓芬补充道，"你可有……不要多管闲事！"后面这句才是她想表达的，她想说陈富兴有前车之鉴，一时想不起这个词，又怕说了惹他生气就换了一个说法，但也把意思表达清楚了，无非是不要得罪村里的人，抬头不见低头见，不碍着自己的事，管那闲事干吗呢？

他沉默了。他仿佛闻到了来自荔枝林深处的猪粪味，浓烈得让人发呕，他仿佛又看见了一堆堆的猪粪，堆在他面前，让他堵得慌。人虽然老了，嗅觉却变得越来越敏锐，姜蔓芬骂他"狗鼻子"。他知道闻到猪粪味是不可能的，家距离水库很远，什么风也不可能把猪粪味刮到这里来，他暗自忖度。可是他明明闻到猪粪味，而且千真万确是来自荔枝林的味儿，这使他忐忑不安。

一晚上无话。

陈富兴与姜蔓芬同睡一张床，一个在这头，一个在那头。陈富兴辗转反侧，姜蔓芬用脚踢他，他才不再翻身了。

第二天一早，陈富兴吃了早饭，背着双手出了门。姜蔓芬跟在后面"哎"了半天，陈富兴装着没听见，大步向前走去。

二

荔枝林的地早被收为国有了，城市也禁止畜禽养殖。可人家肥龙就是有本事，把地租给广西人搞养猪场，硬是把大家认为不可能的事变为可能。陈富兴漫无目的地走着，竟然不知不觉中到了执法队的大门口，像是不由自主，也像鬼使神差。陈富兴走到执法队大门前犹豫了，因为自己不能钓鱼就去举报，多少有公报私仇的成分。这些年在水库钓鱼，肥龙从来没有说过，给足了他面子。再说这事我知道，别人不可能不知道。这样做是不是多此一举？他开始往回走，又回头望了望。大院里一杆五星红旗在风中猎猎作响。

陈富兴身上一热，仿佛又回到半年前。

那时的他刚回来。他实名举报上级权力寻租，因证据不足而不予处分，领导照样当他的领导，而他在单位却干得不如意了，索性乞身告老。他的性质跟退休不一样，但是该有的待遇保住了。他一回来就被街道组织部部长找去谈话了。组织部部长不到四十岁，面相嫩，看起来像二十来岁的娃娃。陈富兴心里说，老子找人谈话时，你还穿着开裆裤，可是一说话人家的水平就显现出来了。"陈老虽然告老还乡了，但是阅历深、能力强、威望高，回到家乡了还是要发挥余热，特别是一些社会管理难题，单纯地讲大道理效果不行，这时候您老的作用往往比法律法规还要管用。"部长讲了很多，陈富兴记不全，但句句听了很受用，也很受鼓舞。他当场表态要为家乡出一份力。他主动加入了关心下一代工作委员会。他的主动让他的"退休"生活变得丰富多彩起来，让他很有存在感。

为这事姜蔓芬没少埋怨他。说归说，他还是老样子，跟着一群"糟老头子"和大妈戴着红袖章帮社区管理一些家长里短婆婆妈妈的事。

现在他又来刷存在感了。不，他觉得他干的是有益社会的事，与那种刷存在的方式有所不同。

执法队长不认识陈富兴，以为找他办事的，脸绷着。站在门口的保安连忙解释："吕队，我没有拦住，他硬生生地闯进来了。"保安气喘吁吁，汗珠顺着脸往下淌也顾不上擦，呆呆地盯着吕队。吕队冲他挥挥手，他还想解释什么，看吕队根本不想听，只好蔫蔫地往大门口走去。

吕队看起来很忙，边和陈富兴说着话，边处理桌子上的文件，有的他粗粗浏览一遍，有的他看都不看就画了一个圈。吕队目不转睛地盯着文件，很快处理完一份，又把目光投向下一份。陈富兴盼望吕队能停下来认真听他说话，可是没有。他不说了，干坐着。吕队仍没有停下来的意思，只是在陈富兴停下来时会抬头看一眼，但目光终究又落在了文件上。他一直是一副不苟言笑的神情，跟陈富兴说话时语调不急不缓，陈富兴不说了他也是那副样子，也不急也不问，只是静静地处理手上的文件，或者说一边处理文件一边等着听陈富兴的话。陈富兴只得再说下去。

"情况大致就是这么个情况。"

"哦，还有什么需要补充的吗？"吕队问，连头都没抬。

"没有了，就这些吧。"陈富兴想说点什么，又觉得没有这个必要了。吕队心不在焉的样子让他感到恼火，心里骂"一丘之貉"。

他缓缓地站起身来。有一些不舍，也有一些无奈。

吕队一副大功告成的样子，脸上露出了笑意，笔终于放下来了。不知道他是不是因为自己要走而高兴。陈富兴的手被吕队紧紧握住了，嘴里说着感谢的话。"您今天反映的情况我都记下了，您老放心，我们会处理的。"吕队说已经签下了军令状，非法养殖要在2015年实现清零。

　　谁知道呢？陈富全心里想，嘴上却说："好，好。"

　　吕队一直把陈富兴送到了大门外，这倒让陈富兴有些不好意思了。吕队再一次握住了陈富兴的手，叮嘱他一定保守秘密。陈富兴点头应着，心说难怪要送我，原来是怕我再向上反映，哼！你们这一套把戏我懂。我还怕你们不能保守秘密呢，如果让肥龙知道了，还不晓得这畜生会怎样对付我呢。

　　陈富兴低着头往回走，像一个丢失东西的人，正原路返回寻找，那全神贯注的劲头让路人纷纷为他让路，还差点撞上了电线杆。有一个司机冲着他猛按喇叭，摇下车窗骂："你瞎呀，路都不看，找死啊！"

　　陈富兴忙不迭地道歉。

　　回到家，姜蔓芬已坐在餐桌上等着了。菜冒着热气，看来刚做好没多久。

　　"怎么样？"姜蔓芬问道。

　　"什么怎么样？"陈富兴被问得有些莫名其妙，一屁股坐在了椅子上。

　　"我还不知道你吗？你肯定是找人了。"姜蔓芬边说边把盛满的碗递给他。

　　"找了。"陈富兴接过饭，气呼呼地说，"可人家不愿搭理我。"

"我早猜到了。"姜蔓芬扒了一口饭，嘴里鼓鼓的，嘟囔着说，"换着我我也不愿搭理你，这不是给人家找事做嘛，指不定在背后骂你呢。"

"阿，阿嚏！"这时，陈富兴猛地打了一个喷嚏，幸好他及时把脸扭到一边去，不然嘴里的那口饭就喷在桌子上了。

"你看看你看看，我说的是不是，他们肯定在骂你了。"

"让他们骂吧，人在做天在看，凡事凭良心。"

"良心？"姜蔓芬笑出了声，"现在谁还讲良心呀，有钱就是大爷，没钱有良心有啥用？"

陈富兴无力地叹息一声。

"他们不搭理你也好，你想想看，那么大的一块地，肥龙能包给别人喂猪，肯定上下打点了，人家可不是以前送煤气的肥龙了，现在是哪里都吃得开，没人搭理你也好，免得惹祸上身。"姜蔓芬门牙松动了，吃东西全靠后边的大牙，一嘴的饭菜让她不敢把嘴张大。她絮絮叨叨地说着，发音含糊不清。陈富兴听清了她的意思。

吃了饭，突然下雨了。陈富兴又闻到猪粪味，是雨水冲刷出来的臭味，更浓，更臭。一群猪在雨中追逐，打滚，猪粪泡在雨水中冒泡泡儿。陈富兴眼里老是出现这样的画面，不觉中靠在床沿上睡着了。

他迷糊了一会儿，那些猪、猪粪、鱼，还有水库的水，一直出现在梦境里，一头猪冲着他哼，一下把他吓醒了。他醒过来四处找猪，却看见姜蔓芬四仰八叉地在床上睡得正香，拖拉机一般的呼噜声从嘴里鼻孔里呼啸而出。她的胸腔腹部随着呼噜声起起伏伏，两只硕大的没戴胸罩的乳房透过单薄的上衣向左右两侧歪着，像秋后的两个茄瓜。四十多年前，她也是个大美女，岁月吞噬了她的容颜，他心生愧疚之感，年轻时他在外面工作，家里的一切都甩给她了。陈富兴觉得亏欠她太多了，原想着回来了可以还还债，又养成了被她照顾的习惯，债未还成，反倒事事离不开她。

雨不知啥时候停了。院子里的那棵荔枝树被雨水压得弯了腰，树叶贴在一起，黑压压的一团，雨水不时从上面滴下来，啪的一响，地上有雨水滴出的深坑。

三

养猪场的事还是不让人知道的好。那天陈富兴不知道哪根筋搭错了，竟把这事跟黑老鸦说了。

黑老鸦找陈富兴下棋。陈富兴老是心不在焉，这让黑老鸦有些生气，我过来找你玩，你这样敷衍我，也太不拿我当回事了。黑老鸦把棋子往棋盘上一推，气呼呼地说："不下了，哪有你这个下法，把棋子往人家嘴里送！"

陈富兴见黑老鸦生了气，发出一声叹息。

黑老鸦问："富兴，你有心事？家里有啥事？"

陈富兴望着黑老鸦，嘴巴张了张，又开始收拾棋盘上凌乱的棋子。

黑老鸦看出陈富兴有话要说，又有些犹豫。他说："怎么，不放心我，有啥话还不能跟我说？"

"不是不放心你，我是怕这事传出去不好。"

"还是不放心我。"

"有些事，你不知道好，免得连累了自己。"

黑老鸦一拍胸脯，说："我这把年龄了，怕个屎！"陈富兴欲说又止的样子吊起了黑老鸦的胃口，黑老鸦保证："你放心吧，你说了这事到我这里就打住了，就是打死也不会对外说一个字。"

话到这分上了，陈富兴只好把举报肥龙把国有土地外包给人办养猪场的事说了。黑老鸦明白了，反倒叮嘱陈富兴："你要注意，可不能对人说了，这可不是闹着玩的，肥龙那畜生六亲不认，知道是你举报的，还不扒了你的皮！"

陈富兴有点后悔把这事告诉黑老鸦了。

黑老鸦向陈富兴保证会守口如瓶。

那天棋没有下尽兴。黑老鸦又说去水库钓鱼，陈富兴说姜蔓芬身体不舒服，拒绝了。黑老鸦笑他怕老婆。陈富兴有些窘迫，便说："怕老婆就怕老婆。"陈富兴说得理直气壮，倒让黑老鸦没有话说了。黑老鸦笑了一下："那你在家守着老婆吧，我去找陈三炮、陈二麻子去了。"

陈富兴一直关注着水库的动静，水库却迟迟不见动静。这段时间，陈富兴哪都没去，整天在家里猫着，像恒温动物进入了冬眠状态。他属于被动性冬眠，要在家里照顾姜蔓芬。姜蔓芬也不知得了啥病，有气无力的，去医院检查，人家大夫说得玄乎，叫什么植物神经功能紊乱。陈富兴搞不明白人怎么跟植物扯上了关系。这世上有两个不讲理的地方，一个是医院，一个是殡仪馆，你得老老实实听人家的安排。药开了一大堆，一日一次的、两次的、三次的，饭前的、饭后的，整个屋都是药味，像走进了中药铺。

这天他正陪姜蔓芬看电视。姜蔓芬喝了药后，不是看电视就是睡觉，看着看着就睡着了，醒来后又接着看。姜蔓芬喜欢看那些港台剧或是韩剧，经常被里面的情节感动得流泪。往日陈富兴会骂她，现在不敢，生病的人想法多，说话得注意点儿。

有人敲院子大门，哐当哐当响，跟着传来一个似熟不熟的声音。陈富兴出来一看，竟是肥龙。他怔住了。虽说是没出五服的家门，平时从不来往，如果不是过年几乎很难有见面的机会。陈富兴倒是在路上遇见过肥龙几次，肥龙坐在小车里面，隔着玻璃窗谁也不知道他坐在里面，但肥龙见了陈富兴会主动停车下来搭话，满脸堆笑，客客气气地叫"叔"，显得很亲近。现在年不年节不节的，主动登门了，肯定有事儿。

肥龙上前一步，"叭"地给他跪下了。陈富兴不知道他唱的哪一出，赶紧把他拉起，不解地问："龙仔，你做咩嘢？"

肥龙不起来，"啪啪"自扇了几耳光，说："叔，龙仔有什么做得不对的地方，您老多担待，也用不着往死里整侄儿呀。"

陈富兴彻底蒙圈了，一时手足无措。

肥龙说："叔，虽说我做人横，我从来没有在村子里横过吧？我没有做对不起您的事吧？您退休不退休我可是一个样儿待您，您去水库钓鱼我特意交代保安不要管，钓多少鱼都不收费。"

肥龙说的是事实。陈富兴点头。

肥龙说："我把荔枝林包出去，这荔枝林是我们村里吗？不是，早就收归国有了，我包出去也没有损失村里的利益。"

陈富兴"噢"了一声，立刻明白了。他假装糊涂："你包你的，跟我有什么关系？"

肥龙从地上爬起来，拍拍手上的尘土，又拍了拍膝盖上的灰尘，盯着陈富兴说："说得好，跟您没有关系，那您为何要断我的财路？"

陈富兴说："我什么时候断你财路了？"

肥龙说："今儿黑老鸦去水库钓鱼，水库巡查员人有点'轴'，不认识黑老鸦，硬是不给他钓，黑老鸦一急就说是你举报我侵占国有土地搞非法养殖。"

陈富兴想辩解一下，肥龙没给他机会，接着说："水库巡查员给我打电话了，我不信，电话刚挂没多久，执法队又打来电话了，说是要整治非法养殖，要我一周内处理完毕，现在那几个养猪的不停地找我，要我赔偿他们的损失。"

陈富兴知道说什么也没用了，索性倚老卖老，梗着脖子说："就算是我举报的吧，你能咋的？"

肥龙没有想到陈富兴这么爽快承认了，反让他没有想好该怎么收拾这样的局面。这时姜蔓芬也出来了，指着肥龙骂："你是不是傻呀，人家说是你叔举报的就是你叔举报的？有没有长脑子？黑老鸦是谁，他不就是一只到处瞎咋呼的老鸦嘛。"

肥龙经姜蔓芬一骂，好像清醒过来，连声说："对对对！狗日的黑老鸦，差点儿中了他的计了。"肥龙连连给陈富兴和姜蔓芬道歉，气呼呼地走了。

陈富兴半天没回过味儿来。姜蔓芬吓坏了，好像病好了一大半，接着指着陈富兴骂："你也傻，人家说是你举报的你就承认，这事儿与我们没关系，打死也不能认！"

陈富兴频频点头。

四

很快，传来了让陈富兴久等的消息，期限已到，执法队要强制执法。

陈富兴说过去看看。姜蔓芬不让："上次把肥龙糊弄走了。世上没有不透风的墙，肥龙手段毒，朋友多，一问，就能把这事给问清楚，你去，不是自投罗网！"

陈富兴说："还是你说的那句话，打死也不认，他能把我怎么样！"

"那你也不能去，臭烘烘的有什么好看的。"

"我想看看养猪场能不能被清掉。"

"清掉？哪有那么容易，"姜蔓芬说，"顶多就是走个过场，这样的事儿还少吗？一大堆人过去，拍拍照，说遇上了暴力抗法，行动受阻，就不了了之。"

陈富兴不说话了。基层工作不好做，特别是执法行动经常遇到暴力抗法，舆论往往会一边倒地指责政府，搞得政府不上不下，搞也不是不搞也不是，许多执法行动刚开始大张旗鼓，到最后偃旗息鼓，反正照片有了，电视上了，行动搞了，可以向上面交差了，至于结果怎样已经不重要了。陈富兴心里始终痒痒的，还抱有另一种期望。十八大以来，他感觉氛围不一样了，现在的干部工作作风转变了，敢于较真碰硬。他一直对那个不苟言笑的吕队抱有成见，他想看一看执法队伍敢不敢啃"硬骨头"。

荔枝林里浓烟滚滚，他以为失火了，一股浓烈的刺鼻味道，往他这边灌过来，风向却是相反的方向。水库边上有两只死猪，挨在一起。水面上漂了一层死鱼，白白的，颇为壮观，都是一拃多长的鱼，还有十几条大点儿的鱼，远一点的地方也有死鱼，三三两两的，不知是猪粪臭死的还是被人药死的。死猪死鱼全身胀鼓鼓的，死猪周边围着一大群鱼，正在贪婪地享受饕餮盛宴。死猪的臭味儿和死鱼的腥味儿交织在一起，周围弥漫着怪怪的浓重气味，令人头昏脑涨。陈富兴不知不觉恶心起来，死猪死鱼像在眼前，或是死猪死鱼旁边的脏水直往嘴里灌。他连续干呕了几次，差点儿呕出来，忙掩鼻疾走。

走近了，荔枝林里人声鼎沸，像菜市场做买卖。有人过来收购猪仔？再走近点，是人的吵闹声。这时，冷不丁地传来一声很凄厉的尖叫声，那声音来得突兀而又疾迅，穿透力极强，他心里一紧，不由得停下脚步向前张望。接着，传来了一个妇女痛不欲生的哭声。一个妇女出现在他的视线中，她正瘫软在地上，身边有一个不明所以的孩子跟着在哭号。

一群执法人员站成一排，有几个身上脏兮兮的男人手里拿着铁锹，不停地比画着。铁锹上糊有一层糠皮状的东西，那是用来搅拌猪食的。一个男人看着眼熟，脚下穿的正是那双长筒胶鞋，陈富兴想起他就是那个巡查水库的人。陈富兴看见了那个不苟言笑的吕队。他站在队伍的最前方，手拿一个"大声公"，在大声喊话。没有人听他说，人们堵在前方，那几辆轰轰作鸣的钩机动弹不得。行动受阻。陈富兴早料到了这个结果，下一步是拍照取证，然后人员撤离，这事就这样算了。

吕队大声说："清场！将无关人员带离现场，阻碍执法的人员采取强制措施！"

陈富兴从鼻孔里"哼"了一下。

那几个妇女、孩子哭作一团。这场面让陈富兴心里不太好受。几名身着制服的女执法队员上前拉那几个妇女，不停地安抚。那几个妇女被劝离了现场，女队员们一直站在她们身边讲解着什么，还给几个孩子零食吃，孩子们一看见零食就止住了哭声。这时，十几名全副武装的执法队员并排而行，一步步地向前推进。那几个拿铁锹的男人并不敢真往人身上砍，慢慢地向后退着。钩机跟着向前推进。突然一个人冲了进来，往钩机前方一站，钩机立马停下。

来的正是肥龙。肥龙的出现让那些男人们为之一振，他们立即情绪亢奋起来，又拿着铁锹往前冲。

肥龙站在钩机前方，钩机就不能前进。吕队上前，肥龙根本不听他说。

肥龙站在钩机前面不停地打着电话，钩机还在轰轰作响，听不清他在说什么。他打电话的时候，眼光四处逡巡，好像在找什么人。他并没有找到他要找的人。电话一连拨了好几个，打完电话，他神情有些失落。他站在那里，那些养猪的人也退缩。一直这么僵持着。

陈富兴找到了浓烟处。荔枝林里的猪圈处有几口大灶，灶口冒着火，煮猪食的柴火用的是一个废弃的汽车轮胎，浓烟正是由它产生的，那股子浓烈刺鼻的怪味儿也是它滋生的。

"啪！"有人给了肥龙一记耳光。众人惊骇。谁敢打肥龙！肥龙被打傻了。是陈富兴。荔枝林静了下来，死一般的寂静。树叶停止了摇曳，没有一丝风。仿佛钩机停止了轰鸣，猪也停止了嚎叫。大家瞪大了眼睛，注视着他们。陈富兴与肥龙面对面地对峙，四目相对，无声无息。肥龙瞠目结舌，半天才说："叔，您、您……"

陈富兴二话不说，上前揪住了肥龙的耳朵，像一个屠夫拎一头小肥猪。肥龙疼得直咧嘴："哎呀，叔，痛痛……"

陈富兴说："你也知道痛，我就是要让你知道痛。"

肥龙说："叔你再不松手，我可要……"

肥龙已把"您"换成了"你"，陈富兴没有听出来，他这时也顾不上这些细节了。"咋的，你还敢动手，别看你在外面混得人五人六的，在老子这里不好使。"陈富兴说，"政府的公务活动你也敢阻挡，你是不是又想进去了？！"

肥龙半天才把陈富兴的手掰开。肥龙怒目圆睁，一只手不停地揉着红通通的耳朵，脸要多难看有多难看。这时黑老鸦、陈三炮、陈二麻子几个人也过来了，他们几个紧紧地围绕在陈富兴身边。几个老一辈的人面对肥龙没有一丝怯意，一个个怒视着肥龙，反倒让肥龙不寒而栗，他眼睛里的怒火先灭下去一半，只剩一星半点儿的火光，最后硬是被他们几个给摁熄了。

陈富兴自觉行得正走得端，才不管你什么白道黑道。几个老哥们围在一起，把肥龙堵得动弹不得。吕队赶紧指挥钩机行动。搭建的猪棚被钩机砸倒，水泥地面被挖开，那些白花花的猪被撵进了一个临时搭建的猪圈里。看到养猪场被夷为平地，陈富兴心里爽快极了，像吃了一根冰淇淋。陈富兴与黑老鸦、陈三炮、陈二麻子对视而笑，带着胜利的喜悦离去。肥龙抱着头蹲在那里，接着一屁股坐在了地上，全然不顾地面上的猪粪。

当天晚上电视里就播放了这则新闻。陈富兴盯着电视笑。姜蔓芬一看电视就明白陈富兴为何发笑。她跟着笑了，因为她好久没有看见陈富兴笑了。

五

院子里的那棵荔枝树愈发浓绿，陈富兴在树荫下驻足观看，阳光穿过树叶的缝隙，他伸出手把漏下的光点接住，手心一暖。荔枝树的花期已过，长出一串串小小的圆圆的荔枝。去年收成不是很好，今年必定丰收，这是果木的生长规律。荔枝吃多了上火，他打算等荔枝熟了，摘下来分给左邻右舍。

陈富兴背着双手，抬头望着那些小小的荔枝，一颗颗的荔枝仿佛正冲着他笑。

恍惚间觉得有人从身后向他走来，没有脚步声，像个幽灵。

"叔，看啥呢？"

不知什么时候，肥龙已站在了他的身后。他回过头一看，肥龙也学着他的样儿，把双手背在后面，昂首挺胸地看着荔枝树。

自打养猪场被清掉后，陈富兴听说派出所把肥龙"请"过去了，后来再也没有听到肥龙的消息。姜蔓芬担忧地说，越是平静越是危险，这几天注意点，可不要出门挨了黑打。陈富兴嘴上说不在乎，其实也怕这小子犯浑。陈富兴做好了挨黑打的准备，但是肥龙就是不露面，陈富兴越着急，肥龙越是没有消息，肥龙去了哪儿呢？有人说当天派出所就把肥龙放了，肥龙坐着一辆黑色的大奔走了。如果肥龙真的要报复他，他也没有办法，一个糟老头子怎么可能会是肥龙的对手，他把要面临的结局在心里进行了"沙盘推演"，自己倒无所谓，他担心的是肥龙会不会拿家人出气。陈富兴提心吊胆地挨了一个星期，一个月，半年，便不再把这事放在心上了。现在肥龙上门了，那就不是挨黑打的事了，这不明摆着嘛，人家是明火执仗上门了。

肥龙冲陈富兴一笑。这一笑让陈富兴心里发毛，不由得往后退了一步。这时他才发现肥龙背在身后的双手提着什么东西，不是棍子，也不是刀，是一个四四方方的盒子，包装精美，看不出是什么玩意儿。

姜蔓芬从屋里出来了，她看见肥龙，一怔，一时手足无措，不知说什么好。

肥龙把礼盒拿出来，"婶，我来看您老来了。"把礼盒往姜蔓芬手里塞。姜蔓芬木然地收下了，半晌才恢复神态，忙说："龙仔，你屋里坐。"

肥龙连连拒绝："不了不了，我找我叔有事商量呢。"

姜蔓芬又开始紧张了。她最近看了不少港台的警匪片，知道黑道有很多种玩法，不知肥龙葫芦里卖的什么药。

肥龙向陈富兴走去，一把握住陈富兴的手说："那天多亏叔给了我一耳光，把我给打清醒了，不然侄儿真进去了。"肥龙看陈富兴蒙了，又说，"那天的执法行动有这么一项内容，就是要严厉打击暴力抗法行为，我是首当其冲，幸好叔打了我一巴掌，又把我拎出了执法现场。后来，派出所找我谈话了，说我把国有土地承包出去是非法侵占国家利益和集体利益。现在我已把租金，不，非法获取的利益，全部上交了，鉴于我的表现就不再追究我的责任了。这不，我又找了一份正经的营生，水库巡查员。"肥龙亮出了他的工作证，陈富兴想起了那个脚穿长筒胶鞋的养猪佬，与眼前这个西装革履的形象反差太大了。

"您老咋还不信了呢？我真是在看水库。"肥龙解释说，"因为我是水库边长大的，熟悉情况，所以水库才聘我为巡查员。"

陈富兴吃力地说："我信！"

"我今天来还有一事相求。"肥龙声音弱了一些，"水库太大了，我一个人看不过来，怕误了公家的事。我想请您老出山，当义务巡查员，没事时转一转，捞一下水里面的垃圾、漂浮物之类的，不知您老……"

陈富兴打断肥龙的话："行！我还把黑老鸦、陈三炮、陈二麻子他们几个一起拉上。"

"那敢情好！那我先谢谢叔了。"肥龙冲着陈富兴连连作揖。

陈富兴手一挥，说："谢啥，我们就当散步健身了。"

肥龙走后，陈富兴两口子还沉浸在梦幻中。姜蔓芬望着陈富兴，想了半天才说："世道真变了！"

陈富兴带着黑老鸦、陈三炮、陈二麻子沿着水库巡查，举着"义务巡查队"的旗子格外醒目。转眼街道为他们授旗已有三年了，现在想来恍如昨日，他们的足迹也有"二万五千里"，但陈富兴知道，他们的"长征"才刚刚开始，他们的幸福生活也刚刚开始。

放眼望去，水库三面环着山峦，周边林木葱郁，碧波无痕，远远望去犹如镶嵌在山峦之间的一块巨大而闪亮的翡翠玉坠。远方有一条亮眼的红色绸带在荔枝林中穿梭，这就是有名的网红打卡点"虹桥"，恰似串起玉坠的红飘带。再远点是欢乐田园的两千亩花海，各类花草漫山遍野，陈富兴仿佛看到了蝴蝶、蜜蜂翩翩起舞，好一处山清水秀的世外桃源。

现在，水库面积大了，经过几年的治理，水库的环境比以前好多了，最明显的是水库里的饮料瓶、塑料袋以及其他杂物越来越少了。几只白鹭和野鸭子在水面出没，水里的鲫鱼、草鱼老往上蹿。水库边还有一大片平整的草地，有人在此搭帐篷、打牌，有孩子们在草地上做游戏、放风筝……陈富兴忍不住说："真好！"

陈三炮跟着说："真好！咋不像我们当年修的水库呢。"

陈富兴纠正道："不是水库，是光明湖！"

陈三炮露出不解的神情，自言自语："光明湖。"

陈富兴和黑老鸦、陈二麻子异口同声：

"光明湖！"

他们的声音震得一汪水面漾起了层层涟漪。两只白鹭展翅而起，飞向湖的另一边。

强记store

城市的夜是最美的。高楼林立，霓虹闪烁，海市蜃楼一般，只有夜空中的那一轮明月夜夜流光相皎洁。

经过一番深思熟虑，我把家安在了光明。光明区是深圳最年轻的一个区，这一片土地是我熟悉的地方，我的青春美好与疯狂都曾在这里留下深深的印迹。定居光明后，我很少晚上一个人出门。我喜欢宅在家里的感觉。能一个人独处也是一种幸福。走出中央山小区，沿着望盛路漫无目的地向南走。天汇城的灯光把半边的夜空给点燃了，黑暗被赶到很远很远。三十年前，我还是一个涉世未深的毛头小伙，那时光明区还没有成立，深圳经济特区虽已成立十多年了，但公明作为关外之地，加上地处深圳西部，发展严重滞后，关内已有了城市的雏形，公明则像刚刚苏醒，凭借着房租低廉吸引一些低端的产业在此安营扎寨。公明镇唯一通向外界的道路就是一条松白公路，村里的道路还有不少是泥巴路断头路。我眼前的天汇城完全是大都市的产物，谁又能想到在它之前，这里曾是一片低矮的厂房，两层三层不等，屋顶搭一层铁皮棚，那里的工作环境相当恶劣，冬天的寒风透过铁皮的缝隙呼啸着刮进来，人的骨头都冻缩了，手、脖子缩在衣服里不愿出来；夏天的烈日毒得很，把所有的热量都聚焦在铁皮棚上，晒得发烫的顶棚根本隔不了热，它又把热量传递到棚内，热量聚拢在棚内就赖着不走了，人待在里面像是在蒸桑拿，浑身上下没一处是干的。我走到了松白路上，再沿着松白路往东走，脚步随着思绪信马由缰。

华发路三个字在路边的标牌上赫然入目。我怎么会来到这里？走到这里顿时安静了许多，对面的繁华被松白公路隔开，这条松白路人少，车稀，这一份安静让我觉得多么地难得，就像到了一个空气负氧离子含量很高的林区，顿觉心旷神怡。小叶榕把灯光遮盖得严严实实，黑色阴影下的华发路像一条河缓缓地向前流淌，夜晚愈发静寂。一阵风吹过，小叶榕发出一阵哗哗声，是叶子撞击的声音。从叶子缝隙里不小心洒出的一星半点儿光芒，把黑色的河流弄花了，似水流冲击礁石溅起的浪花，很快又恢复了它原来的样子。我最喜这宁静夜晚的月光，像一只老猫的脾气，温和，柔软，慵懒，就算月光溅进了眼睛，也是舒服的，柔和的，不像灯光一副咄咄逼人的样子。

一家便利店从路边的榕树丛中钻了出来，门前放有几把长椅和桌子，坐了几个人正在吃东西。便利店的招牌出现了，上面写着"强记store"。是一个很熟悉的名字，仔细一看又觉得有些陌生，好像不是以前开的那家。店名的意思是一样的，但是写法却不一样，我记得以前那家叫"强记士多店"，没有英文，这家从名字上看与其他的店明显不一样，白底红字，装潢清雅。也许就是从以前那家"强记士多店"接手过来的，为了显得有情调一些，改为"强记store"。士多店十来个平方，被两旁的餐馆包围着，愈发别致了。那些餐馆的招牌、墙壁有烟熏火燎的痕迹，很有生活气息，油腻得很。门前屋檐下燃着一盏白炽灯，上面落了一层灰，死蚊子密密麻麻地粘在上面，还有数不清的蚊子不停地围着灯飞，有的还不停地撞击着灯泡，发出啪啪的声音，灯光愈发弱了。我不记得我再次来到公明是否来过，也许坐在车上，急驶而过，不曾留意它的存在。在我的印象中，这样的小店深圳每天都要开几百上千家，也要倒闭几百上千家，没有人会在意它们的诞生与死亡。

士多店门前坐着三个年轻人，正在聚精会神地吃着炒粉、吸着田螺，一人手里一瓶小劲酒。炒粉和田螺应该是隔壁炒粉店打包过来的。炒粉店的招牌写着"爱上螺蛳炒粉店"。老板是一中年男人，正低头划着手机。老板娘徐娘半老，穿着十分时尚，要不是脸上溢出来的只有女主人才有的神情，哪里看得出是这家炒粉店的老板娘。她悠闲地坐在一把红色的胶凳上，手里握着一把胶扇，不时在短裙下挥动，驱赶着靠近小腿的蚊子。胶扇上面印着某男性门诊的广告。夫妻俩在等下夜班的工人，炒粉、生菜、打包盒、一次性筷子及红色的塑料袋都准备好了，在厨案上堆起高高的一摞。

我有些口渴，走进便利店，却没有看到老板，我喊了一声老板，买东西。依然没有人理我，门外那三个年轻人看了我一眼，笑了一下，让人觉得很诡异，他们把手里的劲酒碰了一下，轻轻地呷了一口，脸上露出的表情是复杂的，喝前那么惬意，喝后那么痛苦，然后又露出了幸福的表情。我往爱上螺蛳炒粉店走去，老板娘立马站了起来，热情地招呼，老板，你吃啥？我有些尴尬，我说我不吃啥。老板娘一怔，也尴尬地笑了笑。一直专心划手机的中年男子抬起头盯了我一眼，又把头低下了，继续划他的手机。我问，隔壁士多店的老板呢？老板娘恍然大悟，哦，你找士多店的老板呀，他一大早把店门打开，人就没影儿了，不到晚上不回来，我也很难见到他的。她这个回答让我有一些发蒙。现在不就是晚上吗？我说，我想买瓶饮料。老板娘很平淡地说，你进里面拿就行了。我想，同行是冤家，虽然他们不是同行，可是着实是一件让她不怎么开心的事情。

我悻悻离开。

那三个年轻人还在专心地用力吸食着田螺，嗞嗞有声。一个年轻人又进了士多店，过了一会儿出来，手里又多了三瓶小劲酒和一袋盐煮花生。我觉得这个士多店的老板有点意思了，让我想见识一下究竟是何方神圣。我也不管了，大步走进店里，直奔冰柜，拿了一瓶鲜橙多，出来，坐在了那三个年轻人的邻座。

惨淡的灯光下，那三个年轻人只顾享受生活。搁以前，我对这种路边小摊是十分排斥的，总认为环境卫生差，食品质量得不到保证，在此消费的都是一些低收入人群。其实低收入人群除了收入外，其他的并不比高收入人群差，反而更容易得到满足，所以，他们比别人更容易得到快乐。而现在的我觉得，快乐是稀缺的，也是廉价的，更是无价的。我很羡慕这三个年轻人的生活。他们慢慢地剥着花生，吸着田螺，喝着小劲酒，外面的世界与他们无关，他们偶尔会抬头看一看四周，除了安静，什么也没有。能够享受安静不也是一种幸福吗？

我低声自语，这个老板真是个怪人，生意都不顾了。我说着往四周望了望，四周很静，我听到自己的自语，也听到了那三个年轻人嘴巴发出来的声音。

士多店招牌的灯很柔和，蚊子不停地围绕着招牌飞舞，有些落在了上面，像是睡着了。它们很享受这种温暖，要不了多久，它们就会被灯光的热度烤煳，也许会受不了这种热度而飞走，但很快它们又会飞回来，就像这里是它们温暖的家。

我打开鲜橙多，喝了一口，那凉爽的感觉从喉咙一下滑到了肚子里。

染黄毛的年轻人说，阿强这几年发了。

是呀，长了前后眼，他知道在这做生意肯定会火。另一个年轻人剪着寸头，摸着头发说，话语中含有妒意。

知道个屁，那几年也不行，生意做得不死不活，转让的牌子挂了好长时间都没有人接手，没办法，只得硬着头皮做，谁能想到后来生意这么好做呢。另一个长头发的说，他好像在这里很久了，对阿强十分了解的样子。

黄毛说，我倒是对阿强有些好奇，就是这么小的生意也搞得红红火火，他到底是怎样做到的？不行，我也入伙。

长毛笑了，说你想得倒美，这个时候想入伙，他会要你？若是以前，生意不行那阵，你说你入伙，他铁定要你入伙，现在，你就做梦娶媳妇——净想好事。

是呀，现在人家就是坐在家里收钱，怎么会让你平白无故地来分一杯羹呢？寸头跟着说。

老子也不是白入伙，老子好好跟他说道说道，只要让老子入伙，我把我们厂里的人全部拉到这里消费。黄毛对入伙一事很有信心。

寸头说，别说厂里全部的人，只要有三分之一的人来这里就不得了了。

长毛甩了甩遮着眼睛的长发，坚定地说，只要有三分之一的人来，厂里开的福利社就得关门。

也不知他啥时回来。黄毛心里有点急了。

急啥子！我们就坐在这里等，他肯定会回来的。寸头手又往头上抹，把两条腿盘起放在椅子上，像打坐的和尚。

今儿老子就在这里等你，就不相信逮不到你。黄毛把桌子一拍，大声说，好像是在守一个欠钱不还的人。

爱上螺蛳炒粉店的老板娘把胶凳拖过来，坐下，笑着说，现在才九点多一点，阿强不到十点是不会回来的。

长毛又甩了甩头发问，你咋知道？

老板娘反问，你说我咋知道，我在这里开店这么多年，他啥时出去啥时回来，我能不知道？你们厂里夜班是十二点下班，我还要做这一拨人的夜宵，第二天一早还得起来做早点，我店子开得比他早关得比他晚，他什么时间开门什么时间关门，我清楚得很！

黄毛乜着眼睛问，老板娘，阿强的生意这么好，你挨着他怎么不也开一家？

老板娘叹了一口气，眼睛往她老公那里一递，咕噜地抱怨说，我也想呀，可是他不同意。

这让他们觉得有些纳闷了，齐声问，为啥不同意？

中年男人虽然一直在划着手机，其实也在听着这边的谈话，他冷不丁地说，发财，谁不想！这个是认命的。

中年男人的话更让他们纳闷了，又问，为啥要认命？这与认命有啥关系？

啥关系？二〇〇八年金融危机，所有的行业都不景气，阿强的生意做得一塌糊涂，想转让，这个时候谁会接呀，傻呀！他把店里的东西一律低价处理，准备处理完了走人，他找工业区要提前退租，人家哪里肯呀，你签的是三年的合同，不到期想毁约，那押金是不会退的，还要问你要违约金。

老板娘摇着扇子，接着话题说，他是没办法，只好硬着头皮做下去，不承想，第二年经济形势就有了好转，他的生意也渐渐地好了起来，卖狗屎都卖得出去，那时他一个星期进一次货。

我现在对阿强更加好奇了，忍不住地问，唉，老板，你们说的这个阿强是这家店的老板吗？

黄毛不耐烦地说，你听了半天，还不知道我们说谁呀？真是……

长毛又用力甩了一下长发，说，我们就是在说阿强呀，这家士多店的老板。

老板娘看了我一眼，又说，阿强是九十年代初来的深圳，经济特区成立也十来年了，那时打工还是一件很时髦的事。当年他嫌在工厂打工受人管制，不自由，辞职不干了，从厂里出来开了这家士多店，武汉的鸭脖、台湾的槟榔、安徽的洽洽瓜子、洗衣粉、洗发水之类的，全是一些小东西，几块钱一样的东西，一万多块钱就开起了这个店，后来还泡到了这个工业区的一个打工妹。

黄毛听了来了精神，乖乖，开个一万多块的小店就泡到了一个媳妇。

老板娘也笑了，你别看这个店子小，可毕竟是自己的，说起来也好听，当了小老板，表面上看比在厂里打工风光一些，其实根本赚不了钱。

寸头双手又往头上抹，头发就趴下了，手掌过去后，那短发像刺猬，头顶上的每一根头发又愤怒地竖了起来。寸头说，你就扯吧，赚不了钱，他开了干啥。你一会说生意好，狗屎都卖得出去，一会又说赚不了钱。

中年男人又一次抬起了头。他说，你别不信，她说的生意不好是刚开始那几年，那几年生意好做的就好做，不好做的就不好做。

黄毛把嘴一撇，说道，屁话，你这话等于没说。

中年男人解释道，那年月人们条件都不好，不然谁会出来打工，都听说深圳是个人傻钱多的地方，好像遍地都是黄金，来了就能捡钱，其实根本不是那么一回事，在工厂打工的哪一个不是拼了命地想多加点班，平日里省吃俭用存点钱，能不花钱就不花钱，你说生意能好做到哪里去？

寸头听了，频频点头表示认可了中年男人的观点，问道，那后来呢？

老板娘说，后来店子生意好做了一些，比在厂里打工要强一些吧，一年一二十万是最少的，到了二○○八年又遇到了金融危机，阿强一下子就傻掉了。老板娘压低声音说，他老婆长得还是有几分小姿色，厂里有一个黄姓的香港司机老打她的主意，阿强为此还跟那黄生打了一架，差点儿吃了官司，后来人家黄生看阿强也没有钱，没有追究他责任了，可是他老婆却跟他离婚了。

离婚了？又是三个人齐声问。

是呀，离婚了。老板娘眼神一暗。

长毛双手把垂下的头发往后一甩，摆摆头，头发自然分成了中分。黄毛问老板娘，他老婆跟香港人跑了？

老板娘说，那倒没有，人家黄生是有家有业的人，哪会要她呢。老板娘嘴都说干了，舔了下嘴唇，咽了一口口水，接着说，后来两个人都不见了，当时我们还在怀疑是不是一起去香港了，再后来听说他老婆回湖南老家了，很快又嫁人了。阿强一个人在支撑这个小店，苦了他了。

三个人好像对这样的故事结局不太满意，脸上露出了失望的神情。

老板娘又说，离婚怎么说也不是一件光彩的事，特别是阿强，被人戴一顶绿帽子，还差点被抓起来，心里肯定是很不爽的。老板娘顿了顿说，后来阿强也消失了一段时间，我们以为阿强也回湖南老家了，就算不回湖南老家，也没脸待在这里了，可是让我们没有想到的是，他又回来了，胡子拉碴的，太阳穴跟腮帮子都凹陷下去了，眼睛像两个深坑，整个人看起来颓废得很。

年轻人来了兴趣，抻长脖子听，还有什么比听到比自己更惨的故事更能让人开心的呢。我们静静地听她讲。阿强是在哪里跌倒就要在哪里爬起来。后来光明的发展越来越好，南光高速、龙大高速，地铁都来光明了，交通好了，车也多了，人流量也大了，做什么生意都赚钱，你就是拿块石头都能卖出好价钱。老板娘用下巴往路对面一支，努努嘴说，喏，你看那些摆个烧烤摊的，就是烤烤鸡翅、火腿肠、土豆片，一个月也有一万多的收入。

黄毛非常吃惊，有些不相信，说，不会吧，摆个烧烤摊也能搞一万多?

这时中年男人插话了，这个你们别不信，这些烧烤摊又不用交房租，也没有税收，那食材的成本又低，这人人看不上眼的生意老赚钱了，比我们赚得都多。

寸头冲黄毛一乐，说，我看你也不要找阿强入股了，干脆摆一个烧烤摊，算屎！

黄毛用力地摇头，说再赚钱也不搞，老子还没有谈对象呢，摆个地摊找个屁女朋友呀。

老板娘笑了，说，你们这些年轻人就是爱面子，其实你只要有钱，哪里会愁没有女朋友呢。生意不在大小，能赚到钱就行。

我问老板娘，阿强现在过得咋样？

中年男人搭上了话，咋样，整天见不到人，你说咋样？

我不解地望着他。

中年男人说，他现在生意做得大，像这样的士多店已开了二十多家，整天忙着给这家店补货那家店添货，忙得像一只旋转的陀螺，一天到晚都不停歇。

我问，他现在还是一个人吗？

老板娘笑着说，哪能呢，结了，几年前谈了一个鬼妹。

鬼妹？黄毛喉结上下滚动，露出了猥亵的笑容。

是呀，谈了一个外国女孩，叫什么爱什么丝。

黄毛指着她家的招牌笑着说，爱上螺蛳。

老板娘乐了，说，也差不多，反正是这么个音。老板娘接着讲，听说是这个工业区里的客户翻译，在阿强店里买东西认识的，后来也不知咋的，两人就对上眼了，就拍拖，结婚，后来辞职出来，跟阿强一起负责这几十家连锁店的管理工作。

中年男人好像特别欣赏那外国女人，他提起来也赞不绝口，你别说，人家外国人的素质就是不一样，现在这强记士多店开了快三十家了，阿强是在她的建议下逐步扩张的，听说还要给所有的门店提档升级，还要往其他行业发展呢。

黄毛啧啧嘴巴说，乖乖，一个便利店就能折腾出这个样子，还能泡到一个外国妹子。黄毛问他，你也是开店当老板，怎么没有像人家一样大发展一下？

中年男人叹了一口气，酸溜溜地自嘲道，我是没有大志的人，但我有我的快乐，我不用操那么多心，管那么多事，没事玩玩手机打打游戏，也挺好。

老板娘听了丈夫说的话，两只眼睛在冒火，把燃烧的目光投过去，狠狠地灼了中年男人，中年男人又开始划手机。老板娘声音大起来，说，也挺好！亏你说得出口。你这人就是懒，怕累怕辛苦，轻闲是好，怎么可能赚得了钱？

黄毛用手捂住了嘴巴，他知道自己刚才说错话了，害得人家两口子差点吵起来。

中年男人也是久经沙场，满不在乎地说，我不是没有一个外国老婆吗，有的话，我也多开几家。三个年轻人笑着说，你胆子不小呀。老板娘翻了一个白眼，不屑地说，切！你这个鬼样子，哪个外国女人瞎了眼会看上你。

中年男人没有搭荐，又说，我一老乡，开的是柳州螺蛳粉店，人家光是在光明区就开了四十多家，每个社区一家，有的街道中心区隔百米之遥就连开两家，在广西老家盖了别墅，一百多万的车子就买了两部。风光是风光，但都是拿命拿身体换来的，你没有看到，三更灯火五更鸡，没有睡过一天好觉。人生也就这几十年，何必呢？

老板娘又说了一个字，切！

寸头又抹了抹头发，想赚钱就得辛苦，我哥在家种好几亩大棚蔬菜，也是一天到晚在大棚里摸爬滚打，累是累一些，一年也能搞二三十万。寸头说得轻描淡写，仿佛挣那二三十万是一件手到擒来十分轻松的事情。

黄毛用鄙视的眼光瞪着寸头。寸头的脸憋得通红，说，咋的，你不相信？

黄毛说，我信你个鬼！种菜一年都能搞到二三十万，那你出来打工干啥，不如在家里种菜。

寸头说，你不信拉倒，我说真的，在我们山东种大棚蔬菜发财的人多的是。家家户户最低是两层楼，三四层楼多了去了，哪家不是大房子、大彩电、大冰箱、小车子。

好半天没吭声的长毛说话了，是呀，发展太快了，现在的深圳好比是一个火车头，正引领着全国各地高速发展。

黄毛没有话说了，若有所思的样子，肯定是他们的话引起了他的共鸣，想想自己身边发家致富的人还真是不少。他有些相信寸头说的话了。

中年男人说，你这话中听，经济特区成立之初，谁都不知道深圳要发展成什么样子，世界各地都不怎么看好这个昔日的小渔村，现在怎么样，就连关外也发展得这么快这么好，地铁马上就要通了，科学城的地也整备好了，听说进驻过来的都是高科技的研发机构。以后呀，我们的光明会越来越好，我们的深圳会越来越好，我们做生意的也会更好做了。

老板娘一听，好像又来气了，瞪着眼睛，提高嗓门说，更好做，啥都好做，关键是你要做呀，你也要把店面装修一下，不要一天到晚就是炒米粉炒米粉，你没发觉现在吃米粉的人越来越少了吗？现在大家手里都有钱了，谁不想吃好一点？为打工仔提供更可口的饭菜，更多的选择，才能吸引人家过来消费。

中年男子又把眼睛盯在了手机上，嘴里却打起了哈哈，好好好，明儿就装修。

听他们说了这么多，我搓搓手，把搓热了的双手往脸上擦，阿强这个人的形象已出现在我面前了。听到阿强现在这个样子，我有些奇怪，他怎么可能混得这么好呢？难道真是因为娶了一个外国老婆的原因？我脑子涨涨的，许多景象在我的脑子里轮流变换，像过山车，不同时期的阿强出现在我面前。

阿强是湖南人，他和他老婆以前都在我们厂做流水线工人，那时他们还没有拍拖，后来阿强跑出来单干，在工业区前租下了一间铺位，开起了一家士多店，老板店员都是他。虽说生意很小，但是毕竟生意是自己的，自己给自己打工，没有人管，进店买东西的人都得叫一声"老板"。"老板"在广东很盛行，卖个菜，修个鞋，统统被称为老板。那时节，大家都"老板、老板"地叫，把阿强叫得意气风发，赢得了厂里许多姑娘的好感，下班没事就往他店里钻，店里一天到晚叽叽喳喳地叫个不停，热闹得很。他自己不开火做饭吃，饿了就在旁边的餐馆炒一盘米粉，或是在店里拿一桶泡面，去隔壁要点白开水，一冲，滴溜几下就解决了一顿。阿强生意做得不怎么样，刚开始，他还扛得住，后来就有些吃紧了，那时他已经结婚了，也没有那么好面子了，平时在这里买东西的人会随手把喝过的饮料瓶、易拉罐、硬纸皮扔下，他会走过去，捡起来，把里面残留的水倒光，然后把易拉罐用脚踩扁，丢在一个很大的塑料袋里，认识的知道他是这家的店老板，不认识的还以为他是一个流浪的拾荒人。他把这些废品积攒下来，一个月也能卖个几十块钱。为了省下房租，他晚上也在店里住。他在房间里搭了一个隔层，隔一层木板，上面铺上被褥就是床了。那隔层与房顶不到一米，在上面根本直不起腰。那时管得很松，后来镇变为街道后，天天有安监的、城管的过来查，严禁吃住在店里，他两口子承诺书签了好几份，等那些执法者一走他们仍然会住在店里。当然他们也知道住在这里不安全，可是又有什么办法呢，赚的钱哪里够租房呀，能省一点是一点。

我还记得金融危机那年，阿强把"旺铺转让"的牌子挂出来，他整个人也蔫了，只有有人在他店里买东西时，他才会挤出一点笑意，一笑露出一排整齐的门牙，牙缝黑漆漆的，也不知是抽烟抽的还是嚼槟榔嚼的。那时企业都不死不活的，打工的人挣不了钱，谁还会来他这里消费，大多买一些牙膏牙刷洗衣粉卫生纸之类的生活必需品，一罐王老吉、红牛都成了奢侈品。他老婆常常当着众人的面跟他吵架，骂他没有本事，只会守住一个不挣钱的店子。吵多了，也生分了，后来他老婆就往外面跑，常不着家。想到这，我心里突然震了一下。唉，都是好多年前的事了。没想到阿强竟然混得这么有出息了，一个便利店的生意竟也能做到这个程度，难怪人们常说深圳是创造奇迹的地方。

阿强到现在还没有回来，也不知道什么时候回来。我准备走了。我从钱夹里掏出钱来，对老板娘说，老板娘，我刚在店里拿了一支鲜橙多，标价是五元，我把钱给你，阿强回来了麻烦你给他。

老板娘捂着嘴笑了起来，那三个年轻人也笑了。我愣住了，不知道自己落下了什么笑柄，我全身上下并无不妥之处，裤门的拉锁也是好好的，难道脸上有什么东西。我慌乱地用手在脸上抹了一把，把钱往老板娘面前一递。老板娘摆摆手，制止了我。老板娘从椅子上站起来，指着士多店说，店门口有两个二维码，微信支付宝都可以扫，不用微信支付宝的老年人可以给现金，在两个二维码牌子的旁边有一个小纸盒，你把钱丢进去就行了。

此刻，我更加蒙圈了，站在原地发呆。长毛站起来，用手一指，大声说，看见没，门口那张桌子上放了一个盒子，你把钱放进去就行了。

我还是有些不放心，心想钱放进去万一被人拿走了怎么办。我把钱收回去，走到店门口，掏出手机对准二维码一扫，付了五元钱，这时不知从哪里传来了一个语音提示：收到进账五元。

我出来了。老板娘对我说，这位老板是从外地来的吧，现在不管是老深圳人还是新深圳人，都特别讲信义。她指着店门旁一个摄像头说，阿强的店里装有摄像头，什么人进了店，拿了什么价位的商品，都拍得一清二楚，再说了，这年头谁还会为这点钱而干赖账的事呀，可丢不起那人！

老板娘仔细地打量我，问道，你也认识阿强吧？

我点点头说，算是多年的故人了。

老板娘哦了一声，说，阿强今晚怕是被什么事给耽搁了，要不这个时候他应该回来了。老板娘看了看手机，说，再过一个小时，上夜班的也要下班了，他们会来店里买东西，等他们买完东西走了，阿强才会关门。

我问，如果他回不来，这店晚上就这样开着吗？

她说，阿强不回来也能关门的。看着我很迷惘的样子，她解释道，阿强手机跟这边的电子门闸联了网的，他可以远程操作，在手机上点一下，关灯，关闭电源，关门，一部手机全部搞定。

我在心里感慨深圳变化太大了，深圳人的变化也太大了，大得让我有些跟不上。

我若有所思，慢慢地往回走。这时，我听到黄毛的声音，阿强，你回来了。我扭过身子一看，一辆白色的宝马X5停在了路边。车门打开，出来了两个人，一男一女。黄毛大声喊道，阿强，你终于回来了，等了你半天，我有大事情跟你商量。这时寸头与长毛笑了，笑得很大声。他俩同时说，哇，真搞了一个鬼妹！

一个女人很镇定地模仿他们的话，也说，哇，你们才是鬼妹，我现在是真正的中国人。这普通话说得非常纯正，比很多国人说得还要标准，只是话语中带有外国人特有的腔调，不用看也知道是一个外国人。

我又往那边看，正好与阿强的目光对上了，我心里有些忐忑。

阿强看见我，露出了讶异的表情，他可能认出了我，但不敢肯定是我，吃惊地说，你，你……是你吗？

我的心跳得很厉害，羞愧地点了点头，说，阿强，是我，我过来想跟你说声对不起的。

阿强快步上前，握住我的手，兴奋地说，黄生，你是黄生，你真是黄生。我没有想到是你。

我盯着阿强，脑子里想象着他以前的样子。阿强比过去稍微胖了些，样子很结实，这么多年过去了，一点都不显老，反而多了一些成熟男人特有的味道，就连那一口黑漆漆的牙齿也变白了。看到阿强的状态，我的心里不禁舒了一口气。

黄生？老板娘几乎高呼起来。三个年轻人马上站了起来。中年男人也把手机放进了裤袋里。他们齐刷刷地看着我们。他们不知道接下来会发生什么事，眼睛瞪得老大。老板娘张大了嘴巴，半天没有合上。阿强正若无其事地招手，Alice，这就是我以前跟你讲过的黄生。一个黄头发带有自然卷的女子走了过来，笑意盈盈地站在阿强身后。哦，原来她就是他们所说的爱什么丝——阿强的外国老婆。Alice人很漂亮，看不出多大年龄，三十来岁吧也像，说四十岁也可以。外国女人不像中国女人，有一条清晰的年龄分界线。艾丽丝，从名字来说就知道是一个外国人，再看那脸庞更能看出是一个外国人。Alice很有气质，从外表看就知道是一个精明强干的人。

Alice热情地说，密斯特黄，thank you（谢谢你）！阿强常说到你，当年是你给他上了一课，有了你，He worked with renewed vigour and determination（他才以全新的活力和决心去工作）。Alice长着一副外国人的面孔，说着中国话，又夹杂着几句英文，听起来很别扭，要在平时我听了会笑喷的，今天我却笑不出来。

听到她也这么说，我一时有些措手不及，羞愧得很，一时哑口，半晌才低声说，I'm sorry。阿强说，千万不要这样说，没有你也没有我的今天。说真的，我要感谢你。然后他又让Alice从店里拿了几瓶饮料出来，给在场的每人一支。阿强笑着说，这个是我请大家的，你们可不要买单哟！我没有想到阿强会这样对待我，我睁大眼睛望着他。我看见大家都惊呆了，老板娘更是一脸的茫然。

黄毛大声说，喝！不要钱的饮料谁不喝哟。他的笑声不大，但在这个寂静的夜晚，格外响亮，像石子丢进了湖里，一波接一波地远远荡开。

这时，月亮已爬到了头顶，地面闪着银色的光。月光像决了堤的河水。树上、房子上、还有人的身上，淌满了白银似的月光，我觉得今晚的月亮比哪天的都要亮。

这世上有没有爱情

一

　　王琴从果盘里挑出一颗青枣，讨好地递到肥波嘴边。肥波并没有用嘴接住，而是用手接了过来，仔细打量这枚青枣。青枣在肥波的手里转动着，泛着光，像一块晶莹剔透的玉。王琴闪了闪长长的浓密的睫毛说，波哥，这是来自中国宝岛台湾的青枣，我挑过的，个大，一个疤点都没有。肥波才不管哪里的青枣，眼睛直勾勾地望着王琴的胸部，头一抬，两人四目相对，他露出了坏坏的笑容，笑着说，你的，有没有这大？王琴忙用手往胸前一捂，看了我一眼，脸红了，稍一迟疑，才对肥波说，晕死，怎么也比这个大。

　　肥波笑了。很轻蔑。意思是说你遮挡啥子哟，那么小，能看到个啥子嘛。肥波看着我笑，我也跟着莫名其妙地笑。人到了一定年龄，快乐与伤悲都受外界的影响，经常会毫无缘由地笑，发自内心地哭。肥波的笑容里有淫荡的味道。我的没有，我有些心疼王琴。

人都有一根敏感的神经。肥波明显是故意要触碰王琴的神经。缺啥说啥当然伤人，可是王琴又能怎样呢？在这里上班会遇上各种各样的客人，顾客就是上帝，那就只有上帝挑你的份，你却不能挑上帝的理。肥波是老客户，她五分之四的业绩都是肥波给的。她只是白了肥波一眼，那眼睛水汪汪的，像一口深井，肥波掉下去就爬不起来。

花里头美不过牡丹，人里头俊不过少年。王琴正值青春逼人之际，身材苗条，脸蛋靓丽，还有一双灵动的眼睛，唯一不足之处就是长了一副平胸，小码的胸罩也显得空空荡荡的。王琴总是穿着一件粉色低胸的连衣裙，把苗条的身体展现出来的同时，也充分暴露出她感到难以启齿的缺陷。这是她们的职业装，她每天上班都得穿。肥波说他年轻时也瘦，后来不也胖成这个鬼样，他说王琴只要跟了他，保管整个人会丰盈起来。肥波在我们面前不会隐藏他赤裸裸的想法。我们常说他也太"赤果果"了。有钱人都俗，他不说我们也能看出来。一个男人打一个女人的主意，随便一个动作和眼神都能看出来。肥波这几年光在欢悦KTV这一家就泡了好几个女的，有的订几次房，有的送一部手机，有的甚至带出去吃一顿饭，用他的话说凡是他看上的女人没有搞不定的。他奉行金钱至上，他认为在这世上没有用钱摆不平的事。他屡试不爽。我们嘴上祝福肥波，心里却惋惜不已，白菜心都让猪拱了。不过肥波还没有把王琴钓到手，这反倒让肥波更有兴趣。

王琴拿起遥控器，把几首歌切掉，换成了她点的《黄土高坡》，她高亢的歌声立即在整个包厢激荡。若是别的小妹切歌肯定招来一通痛骂，王琴不会。我们都得给肥波面子。别人请客唱歌，不管你订没订，只要还没有走进KTV包房，肥波知道了一定会让你把房退掉，重新订王琴的房。谁能不给肥波面子呢？

王琴站在大厅中间唱歌。肥波走上前去，双手放在了王琴细细的腰上，用力一晃，王琴配合地跟着肥波一起摇动，像是在跳什么贴身舞。王琴整个人就在肥波的怀里了。我只能看见肥波的后背，王琴的身体被他肥大的身子遮盖得严严实实。我心里酸酸的。

王琴没有理由不知道肥波的想法，她依然在肥波身边周旋，无非是为了那几两碎银，就像我整天跟屁虫一样地跟着肥波，不都是为了生活吗？从999VIP房出来，门一打开，顿感呼吸舒畅了。包房再大也是包房，门一关上密不透风，震动耳膜的是撕心裂肺地歌吼，辣眼睛喉咙的是房间里的烟味。走廊空荡荡的，只有从房间里穿出来的歌声在游荡。往前走过两个包房，666VIP房里黑咕隆咚的。这间房还没有人订。我推门进去，坐在那条长长的沙发上。一会儿，眼睛已经适应了房间的环境，外面的弱弱的灯光从门上半透明的玻璃小窗透进来。房间不似刚进来那么黑了。

这时门开了一条缝，走廊里的光还有歌声从门缝里挤了进来。一个人轻手轻脚地挤了进来，随手又把门关上了，把光和歌声关回了走廊。我知道是王琴。我们俩每次出去先对视一眼，然后一个先出去，另一个过一会儿再出去，当然时间不能太长，王琴的借口是遇到了熟人打了个招呼。我的借口是房间烟太大，出去透透气。我们约会从没有被人发现过。王琴走过来，直接坐在我的大腿上。我抱住她，要吻她，她故意不让，头往后仰着，咯咯地笑。她越是调皮我越是有兴趣。我的嘴往前凑，一下咬住了她。她不再躲了，我们吻进了洗手间。门反锁后，她知道我的意图，双手使劲扯住了我的耳朵。我央求道，王琴，就一下。她说一下也不行，心却软了，手没有了力气，软塌塌地从我耳朵下滑下来，搂住了我的脖子。

王琴说，小马哥，我想辞职不干了。

我正沉浸在兴奋中，没有说话。

王琴以为我没听到，又说，小马哥，我想辞职。我说了声好。王琴在我肩膀上狠狠地咬了一口，我哎哟一声。我扭头一看，在昏暗的灯光下，一圈深深的齿印在我的肩头，已透出了血色。我瞪了王琴一眼，你属狗的呀。我嘴里直嘘嘘，手轻轻地揉着。小马哥，小马哥。王琴嗲嗲地叫了两声，调皮地眨着眼睛，长长的假睫毛格外灵动。真是没有办法，火再大，在她面前就给整没了。

王琴小声说，小马哥，我不想在这里上班了。

我嗯了一声。

我能说什么呢？我只能含糊其词。我说可以，难道我养她，我养活自己都难，怎么可能养她呢。我更不忍当面说不行，这不是硬要把她往肥波之流的男人身上推嘛。照这样下去，说不准哪天王琴就被肥波给睡了。其实我早就想跟肥波说明我跟王琴的关系，王琴也一个劲儿撺掇我说。我终究还是没有说，我知道，说了，肥波和我多年的兄弟也没得做了。这事说破天是我做得不地道。朋友妻，不可欺。虽然王琴不是他的妻子，但王琴在肥波的眼里明显比他妻子的分量要重。有些事就是做了被人抓了现行也打死不能承认，更别说现在肥波还不知道。

王琴对我这样的态度有些生气。她理了理头发，低着头说，我过去了，时间这么长了，肥波肯定会找我。

我说，嗯。

王琴低头匆匆离开。我想喊她一声，终没开口，因为我也不知道该对她说些什么。她人已出去了。砰的一声，门被她用力地关上，房间似乎都被震动了。

她生气了。

二

这样下去不是个办法，肥波迟早会发现的。可是我真的喜欢王琴，直接跟肥波说，也不行。我瘫软在沙发上，紧闭着双眼。

门这时又开了，我以为王琴又折返回来。是一男一女，他们没有注意到我，两个人啃在了一起，那男人已经有些迫不及待了。我不能熟视无睹，咳嗽了一声。那女人"妈呀"一声。那男人也吓了一跳。我站起来说，不好意思，打扰了，你们继续。

我出去了，心虚地往后瞅了几眼，生怕那男人撵出来揍我一顿，毕竟我破坏了人家的好事，至于他们有没有继续我不知道，他们有没有因为我而没有了兴致我也不知道。

我进了包房。肥波正在和王琴摇骰盅。肥波的技术不行，输多赢少，每次到KTV他都要喝不少酒。他的肚子也许就是这么长起来的。肥波盯住我说，马得意，你死哪了？我到处找你。我撇嘴笑笑，波哥，我去隔壁上厕所。肥波说，懒牛懒马屎尿多，这里没有洗手间？还跑到别处上。我笑笑。肥波冲我招手说，过来，过来。我挨着他坐下，我看了一眼王琴，王琴像没有看见我似的，头一低，头发披散下来，露出一半的脸，已是冷冷的了。她还在生我的气。肥波说，我跟王琴摇骰盅，我输了你喝。凭什

.103.

么呀？我故意做出目瞪口呆的表情。凭什么？你是不是我兄弟？肥波问。我说是。是就少废话，替我喝个酒还叽叽歪歪。肥波总是把他不合理的要求说得理直气壮，还让人无法反驳。肥波问王琴，你没意见吧？王琴抬起头，看着肥波，怅怅地叹了一口气，说随便。肥波说，好。肥波把黄色的骰盅倒扣过来，一扫，像电视里放的赌神一样，把桌子上的六个骰子扫进了骰盅里，再一摇，骰子在里面哗啦啦地响。

可能是我给肥波带来了好运气，王琴竟然摇不过他，一连喝了好几杯酒。肥波很高兴，从皮包里抽出五百块钱往王琴乳沟里塞，然后又抽出一张给我。我说，波哥重色轻友，给美女五百，给兄弟才一百，在波哥眼里我还不如一个三……我差点说出"三陪"，幸好及时刹住了，不然王琴听了会更不高兴的。朱百万、向总、陈总他们几个正在陪小妹摇骰盅，他们几个听到了，都围了过来，说见者有份。那几个小妹也围过来了，嗲嗲地叫波哥。只有麦总和阿英抱着个话筒在唱《选择》。麦总声音有点低沉，像受过专门的训练，唱歌和我们几个不在一个档次上，其他人来KTV就是找乐子，他光顾着唱歌了，像是他一个人的专场演唱会。唱情歌好像《选择》《心雨》《知心爱人》是绕不过去的，每次都会唱这几首歌，有时甚至会唱好几遍。我对《知心爱人》有点排斥，总是会想到"洗洗更健康"。不知肥波是真高兴还是酒喝多了，他还真给了他们一人两百。朱百万指着那几个小妹说，这是今晚的小费，还不谢谢波哥。她们一起弯腰说，谢谢波哥。弯腰的幅度、声音的大小是一致的，看来这也经过了专门训练。孙小红说，百万哥哥，你再加三百，我们上去开房了。朱百万故意吊她胃口，说到时再看。阿英见她们都拿到了今晚的小费，小跑着扑向肥波，猛地把肥波扑倒在沙发上，说波哥，给小费可不能忘了我呀。肥波说，给给给，又从他的皮包里抽出了两张往阿英的胸脯里塞，那两只胖乎乎的手趁机在阿英的胸脯上用力捏了几把。

每次唱歌到了给小费时气氛就达到了高潮，肥波高兴，小妹们更高兴，有时她们还有意外收获，比如说肥波喝多了就会在这里开房，把他一个人丢在这里我们也不放心，只得叫一个小妹作陪。陪一个喝得人事不省的人睡觉还有不菲的小费，何乐而不为呢？

拿到小费后她们迅速回到各自的客人身边。肥波并不在意，只要大家开心就行了。肥波挣到钱后一般都是这样，江湖上挣钱江湖上花，一分也别想带回家。肥波整天在外面瞎混，他老婆不管不问。这一点确实让人羡慕。肥波和王琴又摇起了骰盅。阿英没有和麦总唱歌了，赖在我身边不肯走。阿英是王琴的老乡，肥波盯上王琴后，就把阿英安排给我了。阿英很认真，她总是想当然地认为我才是她的客人，而且是固定的，每次我们来欢悦，不管别人点不点她都会不请自来，一来就往我身上扑，请客的人也不好意思叫她走。尽管我已表明我的态度了，可是她依然是一副不依不饶的态度，仿佛今生就吃定了我。麦总对着话筒叫道，阿英，快点过来，马上到你的歌了。阿英看了我一眼，有一点不舍，然后走过去贴在麦总身边。当旋律响起，阿英拿起了话筒，喂喂两下，嗲声嗲气的歌声也随之响起。客官不可以，你靠得越来越近，你眼睛在看哪里，还假装那么冷静。客官不可以，都怪我生得美丽，气质又那么多情，小心我真的生气……这首歌我没有听过，歌词倒是很符合她们现在的职业。

肥波猛地拍了我一下，大声嚷道，客官不可以，你眼睛在看哪里，看哪里呢，输了，喝酒，喝酒。明明是他输了，搞得跟我输了一样，让我代喝还那么理直气壮。他唾沫星子喷了我一脸，有浓烈的腥臭味。我端起酒杯。王琴说，我陪一个吧，将杯中红酒一饮而尽。肥波兴奋地鼓起掌，连声说好。我看着王琴。她没有看我，她把视线移向别处，都是她熟悉的脸和熟悉的场景，她嘴角抽动了一下，我不知道她是不是在笑，很勉强。她的头发还是那样披散着，遮住大半个脸。我看见她左手竟然夹着一支烟，一根很细很细的烟。肥波不抽这种烟，看来烟是她的。她的指甲染着不同的颜色，很厚，像一个贝壳。王琴说，波哥，失陪一下，我去唱首歌。肥波说好。肥波的眼睛跟着王琴。

王琴唱的是《斯琴高丽的伤心》。她面向我们，背对着屏幕，她唱出的歌词和滚动的字幕是一致的。不知是不是歌词触动了她的神经，她已完全投入其中了。当她扭过身来看我时，我却不敢看她那无助的眼神。我端起酒杯和肥波碰了一个。我只能用这种方式逃避，有时男人得会装傻。

最先发现王琴的是朱百万。朱百万千不该万不该，不该让肥波认识王琴。朱百万很得意地告诉肥波，他发现了一个DJ小妹长得很正点，刚来这里做不久。他说他想开发一下。于是他又很得意地带我们到了欢悦见识见识。那次肥波也去了，他一下被这个长相甜美活泼可爱的湖南妹子给迷住了，也就没有朱百万什么事了。肥波要开发王琴，他对我们说，王琴我要定了，你们都不要跟我争了。朱百万心里很不爽肥波这种挖墙脚的行径，毕竟是他先发现王琴的，但是对这种场合的女人也较不得真，只好笑着说，咱哥俩公平竞争。肥波很惆怅地说，我已没有多少青春可以挥霍了，你们当同情我也好，可怜我也好，就不要和我争了，就当把王琴让给哥哥。肥波从来没有这么认真过，一时让我们都感动了。朱百万神情有些尴尬，纵使心里再不舍也不好说什么了，肥波话都说到这个份上了，再说别的话就太没有意思了。后来，肥波不停组局给王琴捧场。DJ小妹每个月有十间的订房任务，完不成任务只能拿两千的基本工资，要想拿高工资就得靠人脉资源去开发。就这样，肥波开始了泡妞计划，而我们这些兄弟去帮忙也是义不容辞的，不断为肥波制造与王琴见面的机会，我们还要帮肥波盯着王琴，如果有谁想打王琴的主意也会得到我们善意的提醒。

只是我没有想到有一天我会陷了进去，如果他们知道了肯定会骂我不够兄弟。现在我已不能抽身，我一抬头就会看见王琴忧郁的眼神，那汪汪的泪水说不准啥时就会夺眶而出，我索性不再看她，接连和肥波碰杯喝酒。

三

肥波喝得不省人事。我们让阿英负责照顾他。阿英很高兴，她说她有半个多月没有出台了，况且照顾一个醉酒的人比照顾一个清醒的男人要划算。我们开始散了。我假装去上厕所，等我出来时，他们早已没有了影儿。喝酒的人经常会把一两个人落下了还不知道。我经常一个人回家，第二天醒来已不知道自己是怎样回来的。

我晕晕乎乎地出了欢悦。一辆摩托车嘎的一声横在我面前，我猝不及防吓得直往后退，酒醒了一大半。我正要开骂，老莫冲着我哈哈大笑，露出几颗黑漆漆的牙齿。他正在嚼一粒槟榔。我说，吓老子一跳。老莫递给我一粒槟榔，回去？我从不吃槟榔，摆摆手说，回去。我说等一个人出来再走。老莫知道我在等王琴，冲我一乐，意味深长。他可能把我当成专门接送小妹的龟公了。

王琴的高跟鞋在夜里敲出来的声音清脆悦耳。她走得很快，像一束火焰。她坐上了另一个人的摩托。我向她招手，欸，欸，这儿，在这儿。王琴猛然回头，瞪了我一眼，催摩的佬走。我立马上前，一把拉住了她。我嘿嘿一笑，你去哪？她甩开我的手说，不要你管。咋的，生气了？我也没惹你呀。我望着她，一边把她往下拉。王琴高叫一声"救命"，门口几个摩的把摩托车呜地围了过来。他们都是看热闹的。王琴这么一叫，一束束目光都戳向我。王琴厉声问，你放不放手？不放我再喊。我说，你喊，你喊呀，你以为我怕呀。我把她从摩托车上拉下来，又往老莫的车上拖，这样她反而不喊了，用力甩了甩我的手，没有甩掉也就不再甩了。我说，走吧，还怕我吃了你？她用力掐着我的胳膊说，你敢！我知道她已经不生气了。我说，亲爱的，走，咱们回家。她脸一红，蚊鸣似的说，谁是你亲爱的，讨厌！那几个摩的在一旁笑。我把她扶上摩托，坐在她后面，前面是老莫，把她往中间一夹，想跑都跑不了。老莫问，美女坐好没？王琴没有回答，老莫已发动了摩托。

老莫把我们送到了元山路口，我们下车慢慢往回走。离王琴的出租屋还有一公里的样子，王琴每次只让老莫送到路口，虽然认识老莫已经很久了，但老莫还不知道王琴姓甚名谁，每次总是叫她"美女"。"美女"这个词是个万能词，可以用在每一个女性身上，与年龄和相貌无关，哪个女的听了都舒服。王琴不想让人知道姓名和住址，她提防着这个城市的每一个人，我能住进她的出租屋，可以想象出我为此付出了多少艰苦卓绝的努力。

王琴泡了两桶麻辣牛肉面，出租屋里全是泡面的味道。闻到这个味儿我来了食欲。在KTV光喝酒了，我在那儿吐过一次，现在肚子空荡荡的。王琴端起泡面坐在椅子上滋溜地吃，两只脚架在床上，她的神态与行为与她"工作"时完全判若两人。王琴在我面前已卸下了面具，向我展现着最真实的她。王琴把泡面里的牛肉夹给我，泡面里的牛肉很小也很少，但是每次她都会夹给我，仿佛我是她要照顾的客人。这样也对，准确地说，她在工作时我是她的客人，但是一离开那里我们就成了情侣。这是属于我们两个人的秘密。王琴倒是希望肥波知道，这样肥波就不会缠着她了，他可以把精力投到别的女人身上。

王琴说，我真不想干了，好累。

她又说起了这事，在这个小房间里，我已无法再回避这个问题了。你不干了，又能干什么呢？去厂里做普工，你吃不了那个苦，做别的你条件达不到，要学历没学历要技术没技术。

王琴不高兴了，皱着眉说，行了行了，我一无是处好不。

我没有话说了。王琴能够拿捏我，她知道我离不开她了，我说的话不顺她的意，一张嘴就被她顶回去，她一生气我就得想着法儿哄她。

我看着王琴，问她是不是有事。王琴迟疑着说，没有。我说，没有为啥不想干了，干得好好的。王琴苦笑了一下，反正不想干了，想换一份工作，钱多钱少无所谓，只想换一个环境换一份心情。她一定有事瞒着我，虽然我们在一起有段时间了，但两人的关系并没有随着时间和感情的递进而变得无所隐瞒，我们中间始终横亘着一种东西，让我们想更进一步地亲近却无法亲近。也许是因为王琴的身份，也许王琴也能感觉得到。她很聪明，从不挑破。

我俩的关系处在地下状态，我却把她当成我的"私人物品"了，对她的一切我都要掌握。我认为一个女人向一个男人交出了自己就不应当对这个男人有什么隐瞒。我盯着王琴说，你有事瞒我。王琴说没有，眼睛却躲着我。我有什么让她恐慌的？这更坚定了我的想法。我抓住她的双肩说，你肯定有事！王琴没地方躲，看着我说，没有，在一个地方干久了，有些累。倒不是那个活累，而是心累。

她这倒是实话。做DJ小妹不像其他行业，整天跟三教九流的人打交道，要想干得久干得好得善于察言观色能言善辩。当然，有时难免要受一些气，这在服务行业是难免的，她也不至于会因为这些而要换工作。

她挨着墙那边睡。我的手很随意地往她身上一搭，准确地摸到那一小坨肉。王琴平静地说，不早了，睡吧。她的呼吸有些乱，我知道她睡不着。我把她扳过身来，有事你就说，憋在心里不难受吗？

她叹息一声说，肥波对我动手动脚的。

顾客对KTV的DJ小妹动手动脚是一件再正常不过的事了。王琴应该能够应付，能让她辗转反侧说明不是一般意义上的动手动脚。肥波在她身上花了不少钱。一个男人绝对不会无缘无故地对一个非亲非故的女人大把大把地花钱，当然是有所图谋。王琴的话说得很直接却又很含蓄地隐藏了其中更深层次的意思，我再傻也能想到肥波想干什么。我一屁股坐起来，骂道，他个畜生。

王琴也起来了，顺手摁亮了灯。王琴的眼睛竟然有泪，她的眼神是我从未见过的，可怜、无助、失神、惊愕，已看不到过去活泼可爱的样子。我轻瞥王琴一眼，我知道这不是她装的。她已无法掩饰内心的不安了。可是转念又一想，从某种意义上讲，肥波是我和王琴的衣食父母，我真不知该如何处理。王琴看到我的表情，对我丧失了希望，叹息一声，说，算了，睡吧！她缓缓躺下，身体又往墙边挪，还不自然地抽搐了一下。

四

好像是从这一天起，我对肥波有了敌意。

好像也是从这一天起，王琴和我也拉开了距离。我们之间的话越来越少了。我们仍然住在一起，却像一对冷战的夫妻。当然我抗不过王琴，我会主动低头找话撩她。

和王琴相识并不意外，意外的是她竟然会爱上我。

刚开始认识王琴时，她说她刚从老家过来。在KTV工作的小妹都是这样的，哪怕她干这行几年了，换一家KTV又会说自己是新来的。她告诉我，她没有男朋友，因为父母管得太严，连恋爱都没有谈过。这年头，像王琴这样长相没有谈过恋爱的比三条腿的蛤蟆还要稀缺。她说话的语气和神情不像撒谎，再说她也没有必要骗我这样一个没钱没势的人。肥波在一次喝酒时说，王琴在老家订了婚，准备出来挣点钱就回去结婚。这样一来我就迷糊了，我不知道她哪句是真哪句是假。不过这都不重要，因为她与我没有半毛钱的关系。尽管肥波想泡她，但我总觉得像王琴这样的姑娘至少要找一个没有结婚的男人，而不是去做肥波的小三。每次订王琴的房，肥波都会邀请王琴跳舞，刚开始看着肥波的一只手在王琴的细腰上摸索着，另一只手在王琴的肩膀或是脖子处游走，我没有什么感觉。后来我的心境起了变化，看到肥波抱着王琴时，心里会十分难受，特别是他们抱在一起跳舞时，我恨不得上前打掉他那双肮脏的手，但我却又是那么地无能为力，甚至还会露出敷衍的笑容。

我没有想到的是，王琴竟然爱上了我，当她向我表白后，我一时手足无措，显然这出乎我的意料。后来我们就住在了一起，王琴几次说要我带她回家看看，这意思很明显，她想嫁给我了。说实话，如果王琴干别的我一定会答应的，但我不可能娶一个DJ小妹做老婆，在这地方工作说起来不好听。没有一个男人不在乎自己的名声。我喜欢王琴是事实，但喜欢归喜欢，我不是非得娶她。如果我娶一个DJ小妹，一定是脑子进水了，别说兄弟们瞧不起我，连我也瞧不起自己。但我不可能拒绝王琴，那简直是对她的另一种伤害，而且非常残忍，我觉得她能给我带来快乐就足够了。我们的关系一直没有见光，这事怎么能让肥波知道呢。在这一点上，我心里明镜似的，我得靠肥波混饭吃，尽管我早就对肥波有些不满了，但我并没有流露出来，就像我和王琴的关系一样，被我隐藏了。我和王琴就这样偷偷地住在了一起。我叮嘱王琴千万不要告诉肥波。王琴很听我的话，也一直守着这个属于我们两个人的秘密。如果肥波知道了我们之间的事情，还会找她订房吗？还会带我出来混吗？显然王琴也知道后果。

每次去王琴那里，我都像做贼一样。我害怕被肥波发现，进王琴租住的小区，我总觉得背后有一双窥视的眼睛，身后的每一个人都让我感到紧张，虽然他们不是肥波，他们也不认识我。刚开始住在王琴这里时，我提心吊胆的，生怕肥波会突然袭击。夜里，和王琴睡在床上，依然会有一些乱七八糟的想法，导致有几次都极其仓促地完成任务，睡觉也是浅睡，门外的一点响动也会让我马上惊醒。每次从王琴这里走，我也是偷偷溜出去的，像刚刚完成了一个接头任务。这种胆战心惊的感觉持久了好久，我才慢慢变得坦然起来。肥波是不可能过来的，但是他会经常打电话。他的电话一打过来，我心里又莫名紧张起来，仿佛他已经溜了进来，我下意识地想要逃走，被王琴一把给揽住了，我半天才镇定下来。肥波不可能来的，他不知道王琴的住处，她从不要他送她回家。王琴说她的住处只有我一个人知道。王琴像是一烛星火，点燃了我的信心，后来我就把这里当成我的家了。

肥波叫我跟他去一下工商所，他说车停在我楼下等我。我赶紧从王琴这里往家里跑，准确地说是从王琴的出租屋往我的出租屋跑。我打开车门时，肥波的身子平躺着，车座被他打下来了，他用力揉了揉眼睛，看来等我很久了，已经在车上眯了好一会儿。他升起座位，狠狠瞪了我一眼，神情里含着一丝恼怒。隔着车窗，我已从他的目光中看出了浓浓的火药味。我的心终归是虚的。每次和肥波碰面，他的眼神有一点儿犀利或是口气有一点儿硬，我心里头就发毛，生怕自己露出了破绽。我们彼此对视着，我问他去哪儿，他皱起了眉头，反问我，你说去哪儿？这我哪儿知道呀？肥波看着我，说，刚跟你说的，去工商所，不到二十分钟你就忘了。原来是在怪我让他久等了。我说，是……是，我在外面有事，匆匆赶过来的，一急给忘了。肥波问，你咋了，脸怎么红了？我说，精神焕发！肥波一怔，接着又问，怎么又黄了？

我说，防冷涂的蜡！肥波撇嘴笑了，说，你小子，跟我演座山雕呢？我嘿嘿一笑。

肥波看了一眼座位，直视着我说，别废话了，上车！

座位上有很多烟灰。我不敢拍也不敢吹，这样会让座位上的烟灰飞得到处都是。我上了车，像进了冰窖。胖子怕热这话一点不假，肥波到哪里空调都开得很低。肥波从烟盒里弹出一支烟，嘴一伸，精准地叼上，我忙给他点上。我也点了一支。王琴老说我身上一股子烟味，我倒感觉不到。烟味对于不吸烟的人来说臭不可闻，但是对于吸烟的人来说却丝毫没有那种感觉。王琴的话我是要听的，我也狠心戒过烟，但因为整天跟肥波在一起，戒烟屡戒屡败，索性破罐子破摔。肥波说，公子疙的一个朋友，开了间便利店让人封了。刚才还无精打采的肥波说着来了精神，一双失神的眼睛有了亮光。我知道并不是烟让肥波来了精神，让肥波感兴趣的只有两样，一个是赚钱，一个是美女。对于他来说，赚钱就是为了泡美女，泡美女必须赚钱。

肥波又说，我们去找宋所，让他把店子先解封，再整改，起码能搞三万块。

我有点吃惊，吐了一下舌头，说，不会吧，一个店子就要三万？

你也太小看开店的了，他们一年下来挣个十几万是轻轻松松的事。

我一怔，说，啥店呀？一年能挣这么多？卖黄金还是卖军火？

你真是没见识，在深圳就是卖狗屎都有人买，这么多人，只要有万分之一的人买你的东西你就赚翻了。

吹!

肥波也不恼，你呀，就是格局太小，总是拿你们湖南老家的视野看深圳。

我又怔住了，悻了半晌才呛道，我们湖南咋的了，好像你不是湖南人一样。

肥波得意地说，我现在是深圳人了。

肥波把户口转到了深圳。我说，我也是深圳人，来了就是深圳人，你没有看到到处都有这句话。

肥波说，这样的屁话你也相信，只有把户口转到深圳，在深圳有了房子，那才是真正的深圳人。

我一时词穷，红着脸说，你牛!

肥波审视我一眼说，我发现你小子最近脾气见长啊，学会顶嘴了，还带有浓浓的火药味儿。

我不示弱，哪有呀，老大，你想多了。

肥波哈哈一笑。车很快开进了一个院子，肥波一副官架子在那里摆着呢，保安一看立马放我们进去了。车泊好后，肥波让我在车里等，他提着两饼安化黑茶上去了。肥波找人办事从不让我跟着，他怕我跟这些人认识了，还有就是怕我看到他在这些官老爷面前装孙子。

当天，店子就解封了。这就是肥波的本事，你不服还不行，好多棘手的事儿到了肥波手里都迎刃而解了。晚上的例牌，先去一家湘菜馆喝一场，然后再去欢悦搞下半场。

不用说，订房当然是找王琴。还是999VIP包房。进包房时，王琴一脸灿烂的笑容，我望着她时她却无视我的存在，绕过我把肥波他们迎进房间。我故意在后面，轻轻拉了一下王琴。王琴一扭，白了我一眼，不屑地哼一声，转身进去为肥波他们准备茶水。

便利店的老板姓肖，我们叫他肖总。对于没有职务的我们根据姓氏一律称为王总张总。估计这次活动经费远远超过了肖总的预期，他脸上有点挂不住了。他把公子疣拉到一旁小声嘀咕。其实到了这一步已经不是他能操控的了，这时恐怕他的肠子都悔青了。肥波举着一杯红酒跟他碰杯时他还是一脸的无奈，那一杯酒被他一口喝了，一脸痛苦的表情，整个人一副苦大仇深的样子。我看到肖总的表情忍不住想笑，心里佩服肥波宰人很有一套。

这时，妈咪已领进来一排小妹。几个小妹我们都认识，作为这里的常客能让小妹们认识也极大地满足了我们的虚荣心，同时又让我们失去了选择的权利。这些小妹一旦出了你的台就想当然地把你当成她固定的客人，容不得其他人插手了。钱小芳直接扑向朱百万，阿英往我这边走，一到我身旁我一把把她推给了向总，陈总点了小小，麦总点了刘念，公子疣可能是为了给肖总省钱，没有要小妹。王琴作为DJ，也可以客串一下小妹，在小费这方面不用担心，肥波会直接让肖总处理，不管他愿不愿意。

唱歌的唱歌，摇骰盅的摇骰盅，公子疣和肖总坐在靠边的沙发上，两人贴在一起说话，音响声音太大，不知道他们在聊什么，肖总的脸板着，不停地喝着闷酒。唱歌的声音，摇骰盅的声音，还有打情骂俏的声音，每个人都有自己关注的世界。肖总只得把气撒在自己身上，他的脸色越来越难看。我们都沉浸在快乐里，谁还会去在意别人的心情，除非你是领导，大家得围着你转。

王琴和肥波在唱《选择》。不知道王琴是不是有意气我，他俩一边唱一边深情对望，像屏幕里面的林子祥和叶倩文一样恩爱。王琴做这份工作，总得陪客人唱唱情歌喝喝酒跳跳舞，特别是陪肥波时我还得强颜欢笑在一旁鼓掌或是摇晃着身体配合他们。我假装来了醉意，躺在沙发上假寐。眼不见心不烦。躺在那里迷糊着，差点儿真睡着了，是王琴噇地叫了一声，把我惊得一哆嗦。音响里的歌声停止了，喝酒的，摇骰盅的，都停下了，周遭寂静无声。

肖总一把揪住王琴，几乎是把王琴整个人拎了起来，王琴的过膝长裙被肖总一扯都到大腿根了。肖总怒目圆睁地咆哮，你他妈的以为你是谁呀，你就是一只鸡，还敢切老子的歌。王琴惊恐地望着眼前的肖总。肥波也没有想到会弄成这样，人也傻住了。公子疣在一旁劝肖总。我忙问在一边发呆的朱百万怎么回事。肖总点了两首歌，话筒都放在嘴边了，歌却被王琴给切掉了，这也是常有的事，肥波经常让王琴优先他点的歌。本不是什么大不了的事，不料想竟惹恼了肖总。肥波脸色骤变，又气又惊，厉声训斥，公子疣，你他妈的什么朋友，打狗还看主人呢，这他妈的一点面子都不给我，当着这么多人的面教训我的女人。

公子疣扳开了肖总的手。王琴非常害怕，转身往我这边走，可能吓得腿软的缘故，踉跄地扑到我怀里，委屈地哭了。当着肥波的面，我抱也不是，不抱也不是，好在肥波的注意力在肖总身上。肖总像只发狂的野兽，还在拼命往前扑，想要过来打王琴，他被公子疣死死抱住了。肥波骂了一句，他妈的！从茶几上拿起一个烟灰缸叭地往地板上一砸，烟灰缸碎了一地。肥波手一挥，大声说，走！王琴怕得要命，钻进我的怀里慌不择路地跟着我一起往外走。肥波摔门而去。接着是肖总狂躁的骂声和玻璃杯摔碎的声音。

直到晚上，王琴还惊魂未消，一个劲地哭。第二天一早，王琴就起来了，坐在床沿上发呆，整个人病恹恹的，手指上的贝壳指甲也破了两个。我抱着她，算是安慰。

五

王琴几天没有去上班，脸也不洗，头也不梳，披头散发，满面尘垢。肥波给她打了好多电话，她也没有接。

我每晚回去，她也不理我，闭眼装睡。我小声叫她不应。我发现王琴有点儿反常，前几天她还在睡梦中惊醒过，或是偷偷哭泣。这几天没有再听到她的哭声了。我寻着话儿跟她说，她也不应一声，像以前跟我吵架一样，我是耗不过她的，没皮没脸地逗她，终归会逗笑她的。但这次不一样，任凭我换着花样逗她撩她，她也不理我。

那天晚上，我一回去，发现她站在梳妆台前对着那面镜子发呆。她眼窝子发黑，眼泡有些肿，这几夜她都没有睡好。我说，你眼睛肿了，我给你打热水，用热毛巾敷敷。她说，不用你管。我故意逗她，那可不行，这样就不好看了。她又说，跟你没有关系。

我上前抱住了她，她奋力挣脱。前几天我抱她像抱一个物件，她一点反应都没有，那时我怕得要命，生怕她想不开，现在她说话了，也知道反抗了，我知道她应该没事了。

还生气呀，这么多天了，看开一点，干这份工作遇上这样的事也是没有办法的，算了，过去了，来，笑一个。我双手去挠她胳肢窝。

你不用哄我了，我算认识你这个人了。

你说遇到这种事我能有什么办法。

她质问道，没有办法，那个神经病骂我是鸡，你在干什么？他掐我脖子时，你在干什么？

我说，我不是在睡觉吗，我真不知道会发生这种事。

你就装吧。

我真不知道，我发誓，天地良心。

哼，那你后来醒了又在干什么？她的眼睛直直地看着我，灼灼逼人。

我……她把我问住了。是呀，当时我在干什么，好像我整个人也傻掉了，我只是很吃惊地从沙发上站了起来，就是干站着。

你还不如肥波，他还知道冲那神经病发火，你呢？

我……

王琴气呼呼地说，早知道你是这样的人，我还不如跟着肥波，给他做小三也比跟着你强！

我叹了一口气。想想我当时的表现确实差劲，可是我当时是真蒙了。我又上前抱住了她。王琴几乎是跳着挣扎，用尽全身力气推开我。别看王琴瘦不拉叽的，力气却很大，差点儿就把我推倒了。我不管她挣不挣扎，将她揽进怀里就不松开，她越是挣扎我抱得越紧，两条胳膊恨不得把她整个人勒进我的身体里。我把她往床上压，我以为这样就可以了。小两口打架不记仇，床头打架床尾和。平时我们吵架了做一次爱就和好了。这在一次次的实践中得到了检验。出人意料的是，这一招没有奏效。王琴的两只手抽了出来，使劲掐我，那镶嵌着贝壳的指甲深深地扎进了我的皮肉中，疼得我立即将手松开了。我说，你神经病呀，一天天的，没事发什么魔气！王琴盯着我看，有好几分钟，眼睛里喷着火。我知道，王琴真生气了，可问题是，我不知道她为什么这么生气，仅仅是因为那个神经病肖总？最近王琴老跟我置气，没来由地脾气就上来了。

我不想这样过下去了，我讨厌我现在这个样子。王琴几近咆哮，她指着自己说，你知道我心里有多难受吗？我把整个人都给你了，而你倒好，就在你的眼前，一个男人打我骂我你无动于衷，肥波那次当着你的面抱我，吃我豆腐，你没有看见？你心里真的不会痛吧？

我……我不知道说什么，嘴角抽动了一下，静静地看着她。

这么长时间我是怎么过的，你关心过吗？为了挣那份工资，我整天强颜欢笑跟那些臭男人搞好关系。她苦笑了一下说，我觉得那个神经病骂得对，我跟一个妓女没什么区别。

我上前用手拍拍她。她一把打开我的手，继续说，我说离开那里，你一声不吭，好像我的死活与你没有半点关系。那我在你眼里算什么？妓女？还是你免费的性伙伴？

我仍然不吭声。我吵不过王琴，我也从不会跟她吵。王琴的嗓门真不是盖的，像《黄土高坡》这么高的音她很轻松地唱了出来。以前两人发生争吵，王琴先是不言不语，后来就大吵大闹，我只是一味地哄她，实在不行，就始终不接茬，耐心听就够了，沉默也许是最好的办法。我们之间的冷战最多不会超过两天。

王琴说着，悲悲切切地哭了起来。

我的心情很复杂。我不是不想和肥波说这个事，可是我真不知道该怎样张口。和王琴分开我也做不到，就算我从此不来王琴的出租屋，可是每次到KTV我们还是会见面的。这么长时间了，我已经习惯和王琴在一起生活了，跟她在一起我有了家的感觉，一到她的出租屋我就感到温暖。可以说，离开王琴就像让我戒烟一样难，躲避不开，割舍不下，又抗拒不了。

幸好王琴现在不去上班，不然这滂沱的泪水一定会把她的妆冲花。我再次上前抱住她，这次她没拒绝，很温顺地躺在我怀中。火也发了，泪也流了，怒气也没有了。我暗想，这事就这样过去了。

六

王琴决定走的那天，天正下雨，仿佛老天爷也在帮我把她留下来。

收到她的信息，我丢下肥波一声不吭地往王琴的出租屋跑。我知道，王琴如果走了，我在深圳的日子会更加孤单。

王琴在房间收拾行李。见我进来，她坚定地说，小马哥，我准备回老家了。王琴的话有些伤感，我嗓子发出呼哧呼哧的喘息声，我是一口气跑着回来的。她背对着我整理床上的衣服。我嬉皮笑脸地抱住她，有时想想自己真的好无能，每次劝王琴时都只有这么一招。

王琴扭过头，生硬地说，你撒手。

我说，我不。

她又用指甲猛地一掐。我疼得哎呀一声，忙把手松开。我后退一步，揉着手。她又开始整理衣服。衣服整整齐齐地码放在行李箱里。事态已经相当严峻了，她说的回去并不是气话，因为这间房里没有留下一件她的东西，包括那面圆圆的小小的已裂了一道印的化妆镜和一双破了洞的袜子。我不忍面对这么一个结局，问道，你怎么了？真的要回去吗？

她说，嗯。

回去干吗？相亲？我故意逗她。

结婚！她没有笑，气呼呼地回答。

那摆喜酒别忘了通知我。

她说，到时候看吧。

我再一次抱住王琴，新郎是谁？我告诉你，新郎只能是我！只能是我！你只能嫁给我！

以前是。你说这世上有没有爱情？我以前相信有，我一心想嫁给你，现在我不相信爱情了，我知道你是不会娶我的。我知道，我配不上你。王琴冷冷地说，好了，不说了，你不要劝我了，也不要留我。我已经决定了。

我看着她。我知道她真的决定了，我不可能让她改变主意。我装着平静的样子说，好吧。

她直起了腰，把身子转了过来。

我没有劝她了，只是轻轻地说，外面下着雨呢，要不，等天晴了再走。

王琴说，不了，说走就走，我怕一停下来，就会改变主意。

我看见她眼睛里闪着泪光，一滴很大的泪珠在里面打转儿，说不准啥时就会滚落下来。

王琴背上一个严严实实的双肩包，一只手拎着一个包，另一只手拖着一个硕大的粉红色的行李箱。我走过去想帮她，被她制止了。

我问她啥时回来。她说在这里看清了男人的真实面目。她说在这里工作的DJ小妹每一个都有一段伤心的往事。她说这座城市节奏太快，她感到身心疲惫。她说既然选择了离开就不会再回来。

我直瞪瞪地看着王琴坐上了一辆白色的滴滴。那辆白色的滴滴转眼就看不见了，我心里一酸，在道牙上坐下，头低着，眼泪默默地掉了下来。

王琴离开了深圳。

她说她不会回来了。关于离开了就再也不会回来的说辞我是持怀疑态度的，很多人选择了离开，但是要不了多久又会回来。王琴离开后会不会回来，我不知道。

湖山仙境

一

　　湖山仙境位于临深片区，是新开的楼盘。严艳燕站在公黄公路的道牙上，手里拿着一叠销售传单。遇上红灯时，她会立即上前敲开一扇扇挂粤B牌的车窗，向车主介绍湖山仙境。开发商意向的客户是深圳人。中国人都知道，深圳人属于"人傻钱多"那种。"傻人有傻福，傻婆娘盖瓦屋。"怎么说古人有智慧呢，以前的话放在现在还是成立的，那些人傻钱多买房后大呼上当受骗的深圳人后来都因为他们的"上当受骗"行为而赚大发了。

　　湖山仙境的销售情况并没有预期那么好，严艳燕每天拿一叠传单出去又带一叠传单回来。现在购房政策有些收紧，投资客的购房热情也没有以前那么旺盛了，指望刚需购房是卖不了几套的。她最怕的是每天的早会晚会，好像那是为她开的批斗会。

　　城市的节奏很快，快得严艳燕跟不上。她感到很累，其实她完全可以不必这么累，回到老家可以过那种非常慢非常舒适的日子。可她不愿意。她的工作并不像想象的那样顺利，当然收入也没有想象的那么理想，她基本上靠底薪过日子，日子当然过得紧巴巴的，房租时常拖欠，二房东催缴过好几次，如果不是因为她是一个小姑娘准会撵她走了，二房东每次开口要房租时她都不好意思地道歉，可房租到了该交的日子她仍然拖着。二房东说她的房租每次都是最后一个交。这日子太难挨了。她想到了去小梅沙捡海螺的场景，许多寄居蟹住在螺壳内，她就像一只寄居蟹，只能暂时寄居在这里，终归还是要离开的。她无数次想回老家去，但不知为什么她总是自己找到了理由又说服自己留了下来。她说她爱上了这座城市。

是的，她是一名售楼小姐。准确地说，是九洲同房产公司深北片区分公司的销售经理。"经理"是职务，"副经理"也是职务，但"销售经理"不是，公司所有的业务员的名片上都印着"销售经理"或是"置业顾问"的头衔。这个头衔兴许可以蒙一下生投资客，为他们"做主"打个折或是送个抱枕、智能扫地机什么的，其实这些折扣和礼品也是公司规定好的，想多送也送不了。当然他们是能不送就不送，省下来的都是自己的。那些熟投资客都明白这些套路，不过他们也不看这些东西，一平米赚的钱也不知要买多少这样的礼品。

公司名下销售的房子很多，有新楼盘，更多的是二手房，不管是哪种性质的房子，它们的主人都是有钱人，她只是帮这些有钱人暂时保管或是卖出去租出去。她很少介绍出租房，磨半天嘴皮子，租出去了到手的佣金却少得可怜。她喜欢卖房子，百分之三的佣金，推出去两套就够一年开销了。可是至今她也没有推出去一套。她负责销售的房子有好的，有差的，有新的，有旧的，她会亲自去看，这样才能了解房子的真实情况，介绍时心里有底。有的房子又破又旧，她有时会在心里"哼"一声。"哼"完，她就脸红了。在这座城市里她连自己都不屑一顾的房子也没有，有时想，如果有一套这样的房子，也该知足了。可是她没有一套属于自己的房子。这真是一件不可思议的事情。

公司要销售的房子集中在城市的西部或临深片区，高档小区很多，也有不少在城中村里的农民楼。不过，他们不叫"农民楼"，说出去自矮三分，他们叫"小产权房"或"村委统建楼"，这样说出去硬气很多，就像进城打工的二狗子用上了学名"苟富强"。有些小产权房比商品房建得还要气派，差别就是少了一个红本本，这个红本本还是很重要的，就像和一个漂亮的女人在一起生活，终归是没有拿上结婚证，总感觉不踏实，哪天对方跟了别人也没地说理去。虽然是推销房子，说起来这个楼盘是我负责，好像自己是一个富甲一方的富翁，她会产生一种错觉，以为自己就是这一片房子的主人。她对这一片区所有房子的优势劣势都很清楚，当然她只会介绍优势。

她租的房子在城中村，那是一间一年四季见不了阳光的房子，仅能放一张单人床。这么逼仄的小房子让人感到压抑，到了晚上，楼上和隔壁会传来打骂、咳嗽、呻吟、叹息，还有哭泣声，刚开始她用被子捂住头睡，可是那声音反而更清晰了，她无数次产生过搬走的念头，但是这里的房租确实诱惑着她不忍离开，还有那个二房东人还是不错的，每次她都是拖在最后交房租。她在这个城市学会了珍惜，珍惜这个二房东，珍惜现在的工作机会。在接下来的日子里，她渐渐适应了，那些声音好像是她单调生活的调味品，陪着她度过了一个又一个寂寞的夜晚。想想，她觉得十分好笑，整天帮别人卖房子，自己却要租一个便宜得让人说不出口的农民楼。

城市看上去很美，像打扮时尚的中年妇女，等脱掉时尚的衣服就露出了臃肿的肚腩，卸了妆就露出了一块块的雀斑。城中村相当于这座城市的肚腩，农民楼是那一块块的雀斑，人们看见的是外面漂亮的皮囊，谁会去关注里面的东西。一座城市，两个世界。就像她，何曾不是这样。每天出门打扮得很光鲜，香喷喷的味儿老远就能闻到，她觉得自己不像售楼的，像做那种"服务"行业的人。光鲜的行头是他们的职业要求，怎么可能会有人去买一个连自己都收拾不利索的人推销的房子呢？

二

天已亮，路灯还没有关，从榕树茂密的枝叶中透出弱不禁风的光，已感觉不到它们的存在。严艳燕踩着十厘米高的细跟鞋在巷道里走着，她的影子隐隐约约地也出现了，不知是刚出来的太阳照的还是灯光映出的，有时是两个身影，一个颜色深一些，一个颜色浅一些，显得有些诡异，只有那高跟鞋踩出的清脆的脚步声让巷子显得更加寂静。这鞋子好看，不仅能衬托出她很有诱惑力的脚，还能衬托出她曼妙的身姿。她不喜欢穿这样的鞋子，穿起来脚不舒服，回到自己的那个小窝她得把脚捏上半天。巷子很窄，边上有随意丢弃的垃圾，用白色的红色的黑色的袋子装着，里面有菜叶子，也有小孩子的纸尿裤，还有女人用过的卫生巾。她掩鼻小跑几步，又闻到了一股很浓的尿骚味，是内急的男人对着墙小便留下的味道，墙上的印迹还没有干透，地上还有一小摊黄色的尿液。那男人是老是少是帅是衰，她已不去想，她只想赶紧离开这里。

走出巷子，一阵清脆的脚步声急切地传来。熟悉的脚步声，她知道是罗晓芸。她停下来，回过头，果然是罗晓芸。人还没有走过来，身上的香水味已翩然而至，把窄不溜溜的巷道灌满了，刚才的那股尿骚味儿也给盖住了。

罗晓芸的嘴唇很醒目，红得要燃烧，显得人愈发性感。罗晓芸有点儿像港星舒淇，性感的大嘴唇子，让人浮想联翩。紧身衬衣和一步裙紧贴着她的身体，勾勒出优美的身形。衣服是公司发的，罗晓芸又找裁缝按照她的要求进行了修改，比以前更贴身，胸是胸腰是腰屁股是屁股，整个人看上去干练又妩媚，加上她那性感的猩唇，让男人有一种跃跃欲试的冲动。阳光轻柔地披在身上，她的头发上泛着浅黄色的光。她嗲嗲地说，燕儿，早啊。

严艳燕身子酥了半截，如果她是个男人，又如何抵挡得住罗晓芸。罗晓芸是她的师傅。她们同龄，罗只比她大两个月份，入职比严艳燕早两年，现在已是九洲同房产公司深北片区分公司的副经理了。人看起来特别老练成熟。同事们说罗晓芸以前也是一个二百五，没心没肺的样子，后来不知道怎么就一下子开了窍，业务上来了，职务也跟着上来了。人就是这么奇怪，一当上了官，哪怕是芝麻大点儿的官，人就突然变得不一样了，谈吐得体了，举止高雅了，就连管理水平也上来了。严艳燕两眼一抹黑地来到了深圳，又两眼一抹黑地进入了房产职介行业，当时罗晓芸还是部门主管，公司安排她给严艳燕当师傅的。罗晓芸教的属于纸上谈兵，实操时根本用不上，就连打电话也不好使，"我是九洲同房产公司置业顾问严艳燕……"往往刚开口就被人挂断了电话。"置业顾问"多么动听的职业，人们一听却像遇上了得瘟疫的人，仿佛一搭话就能传染，唯恐避之不及。

没有人待见售楼人。其实这些年以最快的速度和最稳健的方式发家致富的恰恰就是这些不受人待见的售楼人。罗晓芸带着她见过几个客户，介绍地段、房型、周边配套，等等，都是她早已熟知的东西，并没有什么特别的地方。要说有特别，是罗晓芸的人特别，她跟那些第一次见面的顾客也能聊到一起去，俨然多年的朋友，她一边和顾客插科打诨，有时还会说一个黄段子，跟那些顾客聊得眉飞色舞。有些顾客对罗晓芸动手动脚的，她也不恼，总是很巧妙地躲开，也不知道她用了什么手段，那些男顾客对她言听计从，像个龟孙子一样乖乖地掏钱买房子。罗晓芸的业绩在公司名列前茅，有时连续好几个月都登上了销售榜首。佣金自然是很高的。每次工资表一贴出来，严艳燕真想找个地缝钻进去，罗晓芸的工资是她工资的几十倍。罗晓芸全年的销售任务往往会提前三四个月完成。公司有一些地理位置不好的楼盘，分给哪个业务员都不愿意接，好像分给他们的不是房子，而是烫手山芋。这些烫手山芋一般会留给罗晓芸，那些来问其他楼盘的客户如果没有相中房子，罗晓芸的厉害之处就显现出来了，她总能把那些地理位置偏僻的楼盘说得像一块人人惦记的糖，手慢了就会被人抢走，于是这些山芋都卖了个好价钱。

公司的女售楼员多。女人一多，是非就多。这是亘古不变的定律。大家没事了，都喜欢嚼舌头，搬是非，除了有关明星的八卦新闻外，私下聊得最多的莫过于罗晓芸了。罗晓芸的业绩怎能不让人嫉妒呢，很多资历比她老的员工到现在还只是普通的业务员，最高职务顶多是个片区主管，而她却能独揽一个片区，嫉妒她的人多了去了。大家在一起聊起罗晓芸时，就像聊那些明星，私生活是他们最为关注的焦点。罗是她的师傅，她本不该说的，可是这样会显得她很不合群。她的业绩凭什么比别人好，这就很说明问题。总之，不管我们的关系怎样，过去怎样亲密，但是你的优秀一旦超过了我，就会从闺密变为敌人，最起码也是竞争对手。她会跟着他们一起说那些有鼻子没眼的事。正是因为有了罗晓芸的出色表现，越发显出她是吃闲饭的，工作快一年了，房子没有推销出去一套，每个月只能拿那两三千的基本工资，拿得少自己也觉得没脸，更可恶的是每月的业绩分析会，庞总会把那些销售情况不乐观的单独拎出来说。这当然包括她在内。这让她无地自容。这让她愈发不喜欢这个能干的师傅。

严艳燕叫道，师傅！她口气软了下来，心里却是不情愿的，同样的年纪却要叫人家"师傅"，老尴尬了。可是这是没有办法的事，谁让她入门晚呢，什么都是人家带的，不管带得怎么样，这层师徒关系却是有的。

罗晓芸"嗯"了一声。

罗晓芸打了个长长的哈欠，然后又恢复到刚才无精打采的状态。罗晓芸每次上班都是这个样子，只有在早会喊励志口号时她才像打了鸡血，浑身上下都是劲儿，等到她坐在办公椅上又没有了精神，有时她也会趴在桌子上睡觉，庞总不会说她，她的业绩让她有睡觉的底气和资本。别看她睡着觉，一旦有客户过来，她就变了个人似的，浑身上下有使不完的劲儿。

罗晓芸问，燕儿，最近咋样？

这不是明知故问嘛。这话问得她不知怎么回答。

没等她回答，罗晓芸得意地说，我昨天刚谈好一单，陵园对面的湖山仙境，一百二十平的，单价四万九，那个傻逼今天过来交订金，订金一交这单买卖基本上就算成了。

罗晓芸说了"湖山仙境"，她心里挺难受的，脸色暗了下来，脚步跟着慢了下来。这个湖山仙境是公司新接手的一个销售楼盘，正对着烈士陵园，广东人讲究风水，一看到这个头摇得像拨浪鼓，虽然价格比其他的楼盘要少三四千块，还有近三十平米的赠送面积，可就是销不动，被称为"黑寡妇楼盘"。她也是这个楼盘的业务员，这段时间忙前忙后的，脸上的肌肉都笑疼了，还是没有销出去一套。

她没有说话，这时罗晓芸已走到了她的前面，那细跟的高跟鞋踩在沥青路上，发出笃笃笃的声音。她没有跟上来，罗晓芸停下来等她，她只得紧走几步，两人又一起并肩走，走着走着，又一个在前一个在后了，罗晓芸一扭头能看见她，也就没有停下来。她觉得这是最好的距离。

罗晓芸说，这单差不多有二十多万，我想买套公寓。

她像没有解决温饱的穷人突然听到一个富翁在她面前炫富，心里愈发难受。她干巴巴地说，买公寓首付都不够。

罗晓芸语气弱了，说，我还是买车吧。

你搞得到车牌？

哪里搞得到车牌哟，摇号呗。

庞总摇了三年都没有摇到。

罗晓芸叹息了一声。

听到罗晓芸的叹息，她仿佛觉得终于在她面前赢了一把，竟然有些开心。在罗晓芸面前，她事事都不如她，也许只有把快乐建立在她的痛苦之上，她的心里才会得到短暂的平衡。她说，要不，你搞个绿牌。她并不是为罗晓芸排忧解难，只是目前的情形任谁都会这样说。

罗晓芸叹了个口气说，还是燃油的好，先摇着吧，万一摇不到再上绿牌。

罗晓芸盯着严艳燕问，你吃了没？

瞬间严艳燕觉得自己已经全身赤裸了，仿佛罗晓芸早已看出了她没有吃。她很少吃早餐，她不是为了减肥，而是要省下十块钱的早餐钱，到中午就可以吃公司免费提供的工作餐了。她脸红了，也不想隐瞒，摇摇头说，没。

罗晓芸看了她一眼，没有说话，往路边走去。那里有一排移动快餐车，生意很好，下夜班的上早班的打工人络绎不绝，有的打包走了，有的蹲在路边吃。她跟了过去。罗晓芸要了两盘肠粉，两杯豆浆，还有四个茶叶蛋，分成两份打包。她知道有一份是她的，她掏出手机假装要买单。她知道怎么轮得到她买单呢，但是姿态还是要有的，不然显得自己太那个了。怎么说呢，小气？孤寒？她的手机刚要伸过去，就被罗晓芸一把推开了，说我来，手机嘀的一声扫了挂在快餐车前面的二维码。

早餐边走边吃。罗晓芸在没有客户的情况下很少顾及形象，吃肠粉的吧唧声，吃完后的打嗝声，甚至边走边放出有腔调的屁声。罗晓芸毫不顾忌。这些严艳燕早已见怪不怪了。让严艳燕奇怪的是，一旦来了客户，罗晓芸立马变成了一个淑女，谈吐大方、举止优雅，说话的腔调也变得嗲嗲的。严艳燕对她这种装出来的形象有些接受不了，忍不住想笑，但终究忍住了。公司很多业务员虽然对这个副经理不太感冒，但对人家的业务能力还是不能不服的，于是，大家开始学习她，学习一个人先从说话开始。大家说话都嗲嗲的，像罗晓芸的翻版。严艳燕觉得她们是东施效颦。她也想这样，可是做不出来。

三

前方是福地小区，临路的房子一楼是商铺，有烟酒批发店，有美容养生店，有宠物店，也有餐馆，还有几家房产公司，一间挨着一间，扎堆经营让它们连为一体，颇有些气势。

公司门早开了。同事都是二十来岁的年轻人，个个春风满面，他们见到罗晓芸，热情地打招呼。严艳燕像一个摆设，同事们眼睛只是扫了她一下，像外交礼仪，显然她是一个可以忽略不计的边缘人物。大家都是两面人，见到罗晓芸是一副样子，背后又是另一副样子。

严艳燕看罗晓芸进了办公室，那透明的玻璃窗把罗晓芸的一举一动都暴露在她面前。她一直偷偷地关注她。如果能窥探出她销售的秘密，无疑会对她的业绩有所帮助。

上午开早会，喊励志口号，唱公司之歌。除此之外，就是收集潜在客户的资料。

下午有些同事出去派单，有些开车接客户看房。严艳燕准备出去碰碰运气，至少要把手里的传单派出去。刚走到门口，一个中年男人目不斜视地走了进来，前台已经热情地迎上去了。中年男人板着脸，像个追债的。他个子高大，肚子也很大，那一身西服穿在身上完全不是那么一回事，有一股不怒而威的官威。他根本不理前台的热情，直接冲进了罗晓芸的办公室。有些人见了做销售的骨子里有一种天然的优越感。罗晓芸很矜持地微笑着，眼睛像一汪水，深情款款地看着中年男人。要么说罗晓芸厉害呢，中年男人一见了罗晓芸就眼睛一亮了。严艳燕想这人应该就是罗晓芸所说的那个傻逼了。客户是她们的衣食父母，但在罗晓芸眼里他们不过是来送钱的傻逼。不傻怎么会买这种房子。罗晓芸从抽屉里找出了合同，中年男人犹疑了一会儿，也不知道罗晓芸又说了什么，他竟然签字了。中年男人拿着一张银行卡乖乖地跟着罗晓芸往财务室走去。

中年男人和罗晓芸出来了。他丢下罗晓芸去外面开车了。罗晓芸告诉严艳燕，交的是定金。严艳燕一怔。交了定金这单买卖就没得反悔了，定金是不能退的。严艳燕打心眼里佩服罗晓芸，要么说是师傅呢，师傅就是师傅，够她好好学习的了。罗晓芸说你没事跟我去陪波哥看看样板房。原来傻逼叫波哥，看样子就知道是一个有钱的老板。其实样板房应该早就看过了，定钱都交了，现在去看样板房，无非是想让罗晓芸陪一陪，再享受一下被人服务的感觉。严艳燕手上没啥事，陪他们一起看样板房比在路边派传单要好。她假装很忙碌的样子，整理着桌子上的资料。罗晓芸在门口等她，等了一分来钟，就有些不耐烦了，扯着嗓门喊，燕儿，你快点儿，别磨磨蹭蹭的。严艳燕连声应着，来啦来啦，小跑着出去。

波哥开着一辆崭新的宝马X6。人靠衣服马靠鞍。波哥手一摸上方向盘，整个人好像更加高大。车宽敞得不像话，像个房车。严艳燕看着心里充满渴慕和突然的心悸，如果她能嫁给这样一个有钱人家也算无憾了，当然她对波哥这种形象的男人是排斥的，她心目中的白马王子要开着宝马，住着豪宅，人还得英俊潇洒。严艳燕坐在后座没有说话，看他们两人在前边打情骂俏。

波哥白胖的手伸向了罗晓芸的衣领里，严艳燕吓得连呼吸都停下了。罗晓芸若无其事的样子，任波哥的手在衣服里揉捏着。罗晓芸用力揪了一下波哥的手，波哥"嘘"了一声，才把手拿出来，又很自然地放在了罗晓芸的大腿上抚摸着。车停在楼盘前方的空地上。波哥和罗晓芸下了车，严艳燕也跟着下车。罗晓芸吓了一跳，她已忘记了车上还坐着严艳燕，脸一红，责怪道，你坐在车上怎么也不吱一声。说完脸更红了。严艳燕不知道说什么，脸也红了，盯着自己的脚尖。那是一双人造革皮鞋，是在农贸市场三楼买的。那里的衣服和鞋子特别便宜，来此买东西的全是基层打工一族，工资稍微高一点就会到专卖店或超市里买了。

罗晓芸把波哥带进了样板房，就开始讲解了。从正门的风水，玄关的设计利用，客厅的摆放设置，主卧次卧的空间利用，以及储藏室的合理利用，等等。严艳燕听着这些熟悉的词汇和句子，但是从罗晓芸的嘴里出来却是相同的配方不一样的味道。罗晓芸像在讲一堂思想政治课。波哥很受用，频频点头，看得出他对罗晓芸的设计方案非常同意。罗晓芸问道，波哥这房子不是自住吧？肯定是投资了。波哥笑笑说，先放几年再看，能租就租能卖就卖。

其实波哥已经交了定金，这个客户是飞不了的，罗晓芸完全没有必要讲得这么全面。罗晓芸能不明白这个道理？越是十拿九稳越是要用心对待，在客户心中留下好的印象无疑是在开发另一个潜在的客户。严艳燕完全没有想到，罗晓芸上洗手间时，波哥偷偷塞给她一张名片，还用胖乎乎的手捏了严艳燕一把。那只手刚刚还摸了罗晓芸，严艳燕的心里在这时"咯噔"一下，感到一阵阵恶心。严艳燕当然明白，眼前的这个波哥就是她潜在的客户，虽然他已经在罗晓芸手上订了房子，但是像他这种有钱人多买一套房子投资也不是没有可能。现在的实体经济都不太景气，有钱人都变聪明了，纷纷把钱投在了房产上，房产绝对是稳赚不赔的买卖，位置好的一套房的升值空间并不亚于开一间小厂的收益。波哥趁罗晓芸还没出来，还冲她笑了笑，又做了一个打电话的手势。严艳燕很矛盾。那张名片被她捏在手心里，生怕被罗晓芸知道，名片很快被手心里的汗洇湿了半截。她借口上洗手间才把名片装进了包里。

波哥请她们在一家西餐厅吃晚饭。波哥的膝在餐布下面总是有意无意地碰到严艳燕的腿，见严艳燕没有反应，手竟然伸在下面捏了一下她的大腿。严艳燕紧张得要命，腿猛地一晃，然后埋头吃饭。波哥的眼睛是盯着罗晓芸看的，偶尔会瞄严艳燕一眼，那眼神似把尖刀，扎得她心里一紧。她只能埋头吃饭，连话也不敢搭一句。

吃完饭，波哥开车送她俩回去。车开不进去了，停在了巷子口。波哥要罗晓芸陪他去K歌，严艳燕担心罗晓芸这么晚出去会吃亏，要罗晓芸跟她一起回去。罗晓芸神情冷淡，不愿意看她，侧着身子跟波哥说话。她知道她留不住罗晓芸。罗晓芸跟波哥出去了，今晚肯定不会回来了。她看着罗晓芸一张小小的圆脸和细长的脖子，看上去挺像九十年代红遍大江南北的甜歌玉女。罗晓芸是个聪明人，她怎么可能预想不到这么晚跟一个男人出去的后果？也许她有过人的手段可以保护自己，但她更有可能会主动把自己贡献出去。严艳燕嘴巴张了张，什么也没说。波哥按了一下喇叭，又打了两下双闪。罗晓芸回头瞥了严艳燕一眼，一头扎进夜色中去了……

望着她远去的背影，严艳燕真想大声提醒她注意安全早点回来之类的话，但是她又觉得这些话是多么多余。想说的话硬生生地咽了回去，嗓子里只冒出一声咳嗽。

罗晓芸的高跟鞋啪嗒啪嗒的声音，在巷子里慢慢变小，告诉严艳燕她正自远去。严艳燕往家走时，路边一只猫突然从她前面窜过，把她吓了一跳，她突然发现，夜幕下隐藏着太多不为人知的秘密。

她又回了回头，那辆宝马X6早已开走。以前她在心里鄙视这种行为，现在她对罗晓芸厌恶不起来。

四

月底业绩分析会照样由庞总亲自主持召开。说到这个月的业绩，庞总像吃了炸药，他的口腔里弥漫着硝烟味儿，说现在整个房产行业都处于低迷期，公司要生存，不可能像以前那样养那么多闲人，年内没有业绩的主动离职，连续三个月拿基本工资的主动离职，连续三个月业绩靠后的主动离职。庞总连续说了好几个主动离职，严艳燕一听就头大了，她觉得这个会是专门为她而开的，因为庞总的每一句话好像都是针对她的。她察觉到庞总的眼睛老是盯着她看。散会后，她整个人没有精神，她感觉自己将会是被公司第一个除名的人。她的精神很难集中，老是想着庞总的话，恍恍惚惚地度过了一天。

晚上，严艳燕正躺在床上划手机。头条里的明星出轨新闻并没有吸引住她，她胡乱看着，她也不知道自己要看些什么，她只是想用这种方式打发这难挨的时间，等到困得不行时倒头就睡。可是事实并不如愿，她好像越来越精神，怎么也不犯困。她酝酿了许久，被一个电话给搅和了。一个陌生的号码。做销售这一行没有陌生电话这一说的，每一个电话都是业务，每一个人都是自己潜在的客户，照理说她应该接这个电话的，往常她会本能地接听，今天心情确实不好，她第一次挂断了陌生的电话。那个电话又打过来了，她再次挂断。那个电话又打过来，她再一次固执地挂断了电话。

过了一会儿，她心里始终觉得有些不妥。她解屏看了一下通话记录，那个未接来电的号码红通通地在最上边，最后面的三位数"668"格外醒目。她觉得有些眼熟，但又不敢确定。她转念一想，然后拿起床边的单肩斜挎包。这是一款新版星轨锁扣小方包，金光闪闪的链条让这个高仿包增色不少，不识货的人哪里分辨得出什么正不正品。她急忙打开翻盖，内层是一大叠她自己没有派出去的名片，上面印有她的名字和电话号码。她非常清楚这些名片的命运，她刚给别人就会被随手丢弃，谁会保留一个售楼人的名片呢？

那张与众不同的名片没有被她丢弃。他们这个行业的人从不会丢掉任何一个人的名片，她不知道为什么，有些人永远也成不了他们的客户，但是他们的名片仍会被好好地收藏下来。名片是蓝色的，四个角有点儿卷，上面有她的汗渍。名片上印了一大堆的公司名称，彰显着它不凡的身家。"吕响"二字烫了金，闪着光芒，像两双偷窥的眼睛。这名字取得好，一联想到他那高大肥胖的身形就觉得不理想了。严艳燕兀自笑了。她看了看名片上的电话号码，尾数正是"668"。她又对了一遍，一个数字不差。她把包又丢在了床边，往床上一躺，双眼盯着天花板，白色的天花板像要压下来。她又想起了波哥。想起了那只胖乎乎的手。波哥有着天下男人都有的通病，而且病得明目张胆。波哥的目的非常明显，他的笑都是不怀好意的。他打量严艳燕时是使了劲的，恨不得一眼就把她看个精光。

您好，是波哥吗？有事吗？严艳燕还是回拨了电话。

有。波哥回答。他的声音带着笑，她好像能看到电话那头的波哥，正冲着她露出坏坏的笑。

严艳燕问，什么事？

睡不着，想你！波哥丝毫不加掩饰。

严艳燕还没有见过如此坦白的人。她笑了。

真的，一天不见你我都吃不香睡不着。波哥的话让严艳燕感到是故意拿她寻开心，她没有生气，反倒有点开心了。波哥又说，你的脸蛋你的身影你身上的香味，都让我沉醉。

严艳燕笑着说，瞎说，我身上哪来的香味，是罗晓芸的香味吧。

波哥说，她身上的香味是香水的香，你身上的香是体香。

严艳燕脸红了。她生气地说，你又瞎说了，我不理你了。

波哥说，我说的是千真万确的，你啥时候有空？我想单独请你吃个饭，不知美女给不给我这个面子？

严艳燕回答，不给。

波哥粗俗地讨好着，说的话万变不离其宗，无非是想方设法约她出来见个面。严艳燕第一次面对这样的男人，在他的甜言蜜语面前有些手忙脚乱，既想堵住耳朵不听他胡说，又想听他下一句会说些什么。电话已显示快没有电了，严艳燕被迫挂断，波哥仍有些意犹未尽，严艳燕挂断电话时他还依依不舍地"唉"个不停。严艳燕这时才发现电话烫得吓人，待电话凉了她才把充电器插上。

　　严艳燕抵挡不住波哥。一个初涉社会又缺钱又极度需要工作业绩的女孩子哪里受得了一个富有的中年男人的诱惑。第一次出来跟波哥吃饭，她隐隐约约感觉到这次的见面不同寻常，波哥的心思不用说也知道的。波哥也不隐藏他的心思，一直在盯着她看。她以为是自己吃相太难看或是有饭粒粘在脸上，她心里慌里慌张的，不知道波哥会在心里怎样笑话她呢。她讪讪地笑了一下，借口去了一下洗手间，并没有在身上发现什么问题。她又回到了饭桌上。波哥还是那样火辣辣地盯着她看。她把头沉得更低了，像是完全沉浸到了美食当中。波哥在一旁絮絮叨叨，满嘴都是甜言蜜语。她听多了，也适应了，觉得波哥的话并没有刚开始那么腻歪了。

　　第一次跟一个男人出去吃饭，还收了一个价值近万元的斜挎包。这是严艳燕没有想到的。严艳燕说什么也不要，推来推去，波哥生气了她才勉强收下。一个女孩子无故收一个男人的东西心里总觉得不妥。到了这个份上了，总该发生点什么才对得起这厚重的礼物。可是没有。什么事也没有发生。波哥反倒正经起来，很绅士地送她回家。严艳燕松了一口气，埋怨自己把所有的男人都想得那样邪恶，至少现在他还没有如她想象的那样，波哥越是这样反倒让她的心里有一种怅然若失的感觉。严艳燕回到出租屋还在为这事纠结。当然她也明白这是波哥欲擒故纵之计，她对一个比自己老爸小不了几岁的男人始终亲近不起来。她做不到。至少现在做不到，也不知道以后能不能做到。

　　后来，严艳燕又跟波哥出去了几次。波哥的手总会有意无意地触碰到她的身体，她内心总归还是有些抗拒的，身体敏感地小心地躲避着，好在波哥注意到她的情绪变化，动作也收敛了许多。一个男人和一个女人出去的次数多了，总会让人浮想联翩，味道也不一样了。她发现自己没有以前那样排斥他了，不知是恋父情结泛滥，还是其他原因，他看起来顺眼多了。

五

生日那天，严艳燕坐在卡座里，闭着双眼，身子左右转着，椅子也转动着。她看起来好像很轻松，也特无聊，业绩还是没有任何起色，如果这个月她仍然是零业绩的话，她就得打包走人了。人还在胡思乱想，却有人在公司门口叫了她的名字。一个着黄色衣服的快递小哥捧着一大束玫瑰花，走到她面前时，那束花突然响起了生日快乐歌。她颤抖着签收了。她激动地忘了问谁送的，花上面写着"宝贝生日快乐"，落款一个"吕"字。她当然知道是谁了。她幸福过头了，抱着那一大束鲜花站在那里，好半天才回到自己的座位。她用力控制泪腺，眼泪还是掉了下来。眼泪掉在了手机屏上，她用手去擦，一擦，这时微信响了。是波哥。他微信转来了"5200"的红包，寓意很明显了，她也心安理得地将这个红包收了。这差不多是她两个月的工资了，她无法拒绝。去年生日她是一个人在出租屋里过的，流着眼泪，空洞的眼神盯着白扑扑的墙壁。她没有想到他会记得她的生日。他怎么知道的已不重要了，因为她已经感动得稀里哗啦了。

晚上，她很自然地接受了他的邀请。波哥看她的眼神非常专注，充满了期待。她在他的眼神里发现了一股欲望。一个生理正常的男人面对自己喜欢的女人而产生的那种欲望。那天她高兴，陪波哥喝了好几杯红酒。波哥第一次跟她说了他的家庭，他说他和妻子关系不好，两人冷战多年了，为了孩子的健康成长才没有离婚。说着说着那个男人竟然抱着严艳燕哭了。这个时候，她无法将他推开，也推不动，他的身躯像一座小山，仅仅是抱着已让她喘不过气来。她轻轻地拍拍着他的后背，像哄一个入睡的婴儿。

红酒能酝酿情绪。她从来没有在外面过过夜。那天晚上，她却稀里糊涂地跟一个男人开了房。她是在一阵呼噜声中醒来的。窗帘拉得严严实实，那层厚的和那层薄纱的全都拉上了。屋里漆黑一片。她想摸手机，翻个身，却摸到了一个人。她尖叫一声。房间的灯亮了。波哥全身赤裸地躺在她旁边。她一哆嗦，知道怎么回事了。波哥粗肥的手臂环过来，将她压倒在床上。刚开始她还没有觉得怎么样，后来想到了许多，乱七八糟的，什么想法都有，然后她泣不成声。波哥看着她，幸福地冲着她笑。她穿上衣服，站在窗户旁，窗户加了安全栅，只能开一点点。她并没有轻生的念头，只是心里难受。

窗外是美食大街，街上空荡荡的，连那些大排档也打烊了，一片死寂，与黄昏后的喧嚣截然不同。那些商铺的广告招牌还闪烁着五颜六色的光。光线透过昏暗的绿荫，隐藏着树的影子，它们彼此都虎视眈眈，一有机会就会相互厮杀。往前看，在灯光的尽头是黑色的天空。灯光是夜晚的代名词。她突然觉得自己很肮脏。波哥走了过来，轻轻地将她揽进怀中，不停地亲吻，双手在她身上游走。她没有拒绝，像一具木偶。她自己都有些惊讶，自己竟然不再拒绝，以前他的双手在自己身上抚摸时会感觉厌恶，甚至恐惧而浑身战栗。现在，她还会在乎吗？她知道她已经变了，和昨天的她是不一样的。第二天一早，波哥又来了兴致，事毕后仍显得意犹未尽。

一个女人投怀送抱总要有所回报，不然不就是白瞎了？波哥不是那种一旦得手就撒手不顾的人。他在她手上买了一套高层住宅，还带人从她手上买了一套别墅。两笔款项足以让她一下超过众多同事，当然她的佣金也很高。严艳燕的业绩是坐火箭上去的，罗晓芸当然知道怎么回事，她看严艳燕的眼神很冷，像一只狗打量另一只狗，就差咬起来了。这个世界是靠实力说话的。现在的严艳燕已成了庞总的红人，已从普通的置业顾问升为部门主管了，她与罗晓芸的副经理位置仅一步之遥。两个人已经有了明争暗斗的味道。庞总当然知道她们的紧张关系，他好像很喜欢这样，大家相互竞争业绩才会好，他正好可以坐收渔翁之利。

自从严艳燕和波哥好上后，他总会很得意地带她出去吃饭，让她跟着他去见他的朋友。显摆是一个男人的天性。一个男人的虚荣心要得到满足，莫过于带上一个年轻貌美的女人在身旁了。一个男人只有征服女人才能征服世界。征服的女人越多或是征服的女人越年轻越漂亮，他们的成就感越强。严艳燕跟波哥出去的次数多了，也就不在意别人的眼光了。

她后来认识的人越来越多，准确地说认识的有钱男人越来越多，业务当然开展得越来越好。湖山仙境马上就要清盘了，大部分都是严艳燕销售出去的。女人一旦跨过那道坎，往往比男人显得更有力量，一些男人办不了的事，女人出马会事半功倍。看着银行卡上的数字不断地攀升，她已不后悔，甚至觉得这样做才对得起自己，对得起自己的青春。以前同事们会议论罗晓芸，现在同事们开始八卦她了。这样的结果她能想象得到，但她把这些看得淡了、开了，对于一个女人来说，有钱在手里比什么都强。

六

那天，罗晓芸主动约她吃饭。她有些意外，但欣然同意了。她们好久没有说话了，更没有在一起吃饭了，就连中午的工作餐也是一个坐在这头一个坐在那头。有时眼神会撞在一起，旋即又离开了。现在她俩吃饭都是去西餐厅，她们也记不得到底有多久没有光顾路边的那个小摊了，也不知道那个移动快餐车是不是换了主人，或是被城管没收了。现在的她们对路边的小摊不屑一顾。

傍晚时分，天色依旧明亮。严艳燕把车泊好，一辆红色的日产SUV，是波哥给她买的。波哥多次要她辞职，想把她养起来。她不肯，她说她很享受卖楼后的喜悦。两个人见了面，都没有开口说话，只是礼节性地点了个头。这两年她俩在公司一直明争暗斗，业绩不相上下，但是总体业绩来说，严艳燕已经超过了罗晓芸。当然年终分红也比罗晓芸高几个档次。同事们开玩笑说，这就叫教会徒弟，饿死师傅。严艳燕心里并不认可这样的说法，她认为这一切都是自己努力的结果，与罗晓芸无关。不管别人怎么看，她一直这么固执地认为。

她们一起乘坐观光电梯上去，几分钟时间双方都没有搭话，各自看着手机。进了餐厅，她们一起把眼光投向了最靠边的座位，坐下，仍然没有说话。严艳燕把目光投向窗外。一整面墙都是玻璃，视线旷然开阔，居高临下地坐在这里，能把这座城市尽收眼底。严艳燕把目光收回来，把桌上的菜谱递给罗晓芸。罗晓芸点了一份法式煎鹅肝和马赛鱼汤，严艳燕点了一份美式牛扒、一份苹果沙拉和一份罗宋汤。

两个人默默地吃着。

罗晓芸说："我辞职了。"

严艳燕有些意外，抬起头看着罗晓芸。

罗晓芸又说："我辞职了，去万家乐。"

万家乐是另外一家房产公司，和九洲同房产公司是这座城市房产行业的两大巨头，生意也处于相互竞争的状态。做生不如做熟。严艳燕说："何必呢？"罗晓芸苦笑着说："累了，换个环境，心情会不一样。"严艳燕说："是吧，也许吧。"

罗晓芸喝了一口冰镇橙子汁，眼睛望着外面。外面已是灯火辉煌，夜色正吞噬这座城市的边沿。她眼睛仿佛瞪大了一些，忽然大叫一声，手兴奋地指着外面。严艳燕循声看去，一架直升机轰隆隆从对面一栋房子那边开过来，拖着一条巨大的横幅，下面坠着什么东西，条幅平平整整地垂了下来，上面写着"林雪儿我爱你"。黄色的字体泛着金光。这时，对面那栋房子的玻璃幕墙上也同时打出了这几个字，还有一个巨大的"心"形，还有一个女孩子的相片不断地变换。这样的求爱方式已经很老套了，却仍有巨大的杀伤力。她们知道这个女人今晚肯定会被这个男人拿下，每一个女人在浪漫面前往往会失去理智。

她跟罗晓芸对视一眼，两人都说不出话来。两人盯着外面的那一面玻璃幕墙。罗晓芸招了招手，叫来服务员买单，意味着她们也将要分手。

严艳燕咬着嘴唇，想了想说："夜景不错，我们拍张照吧。"

罗晓芸又冲那个服务员招了招手。服务员接过严艳燕的手机，她们也站好了，服务员大喊一声"茄子！"她俩同时冲对方伸出了"剪刀手"，像要剪断过去。

兄 弟

　　肥波对我吼道："马得意，你给老子马上到欢悦来。"我还没来得及应，他接着又用命令的口气补充道，"立刻，马上。"隔着电话我仿佛闻到了他嘴里臭烘烘的味道。一听到他的声音，我心里就来气，可是我不敢冲他发作。

　　我忍肥波已经很久了，不知多少次我想冲着他骂，爷们不伺候你了，但我知道我不能这样做，至少现在我不能这样做，我还得靠他过日子呢。现实的生活让我一次次把这句话硬给憋回去了，像喝醉酒时咽下了已到喉咙眼的秽物。肥波对待我的态度就像对待一条狗，他自己却不觉得。他倒认为我是他的小弟，所以他认为他对待我的一切都是理所当然的。他经常在众人面前对我颐指气使，从来不顾及我的感受，当然更不会给我留一点面子，这让我感到非常难堪。他仍然不觉得。我拿他没有办法，谁让人家有钱呢，这年头有钱的是大爷，没钱的活该当孙子。我原以为今晚可以躲过去，不料他的电话还是一个接一个地打来了，现在这个时间打电话，不用问就知道是在搞下半场了。

　　肥波赚到了钱会请一大帮兄弟吃饭喝酒。说是他请也行，人都是他约来的，但他很少买单，他就有这个本事，一个电话打过去就能找到买单的人。身大力不亏，喝酒放在这里也一样。他酒量大，但经常喝醉。他喝醉了仍然缠着人喝，喝得别人受不了了，一个个地假装上厕所，然后一个个地偷偷溜走。这年头，没有人会缺一顿饭吃，能出来陪你吃饭喝酒那真是给足面子了。我搞不明白为什么大家心里都不愿意赴这种没有任何意义的酒宴，却从来不会找一个借口拒绝。我是没有办法拒绝，难道他们也跟我一样，也是为了认识一些该认识的人，找到一些可以赚钱的商机？

之所以有这顿饭，是因为肥波又刚从一个老板那里宰了十万块钱。肥波的钱从哪里来？就从这里来的。

说到肥波，我得从认识他开始说起。肥波当过兵，个子又高，开始在派出所做治安员，整治暂住证那几年发了点小财，后来暂住证不让查了，派出所管得也严了，他闲散惯了，就没有去上班了。他认识一些有头脸的人，通过这些人"拉皮条"赚一些外快。这又能赚多少呢？我搞不懂了，他没有工作，到底靠什么过日子的呢？他跟别人不一样，他要养一个老婆三个孩子，外面还有几个相好的女人，这些都需要花钱。他从来没有为钱发过愁，好像他家是开银行的。我跟着他混后才发现，他就是靠"拉皮条"养活一大帮人，还在深圳置了房买了车。不可思议吧？这就是肥波的本事，也是这座城市的奇幻之处，各色人等都能在这里找到适合自己的生计。

我是在一次老乡聚会中认识他的。后来又在几次饭局上撞见了，男人嘛，酒杯一端就显得格外亲了。他知道我没有工作，可能是我落魄的样子让他想起了他的当年，有些可怜同情我这个小老乡，于是让我跟着他混。反正我没有什么正经工作，这里干一下那里干一下，跟他混就跟他混呗，无非做一名"小掮客"而已，只要给我钱就行。我光棍一条，一人吃饱全家不饿。他给我安排了工作，主要就是打听一些老板或是老乡遇上了什么困难，把这些信息告诉他就行了。我别的本事没有，倒是认识不少狐朋狗友，从他们嘴里我能得到各种各样的信息。在这里我们老乡众多，各行各业的都有。肥波让我把重心放在那些有钱人身上。我得到消息立马告诉肥波。肥波再主动过去帮忙，通过一番运作，总能把一些棘手的或是看似不可能解决的问题摆平，帮了忙人家总得答谢一下，为此他会根据事情的轻重缓急要个三万五万，甚至十万二十万。不过，他跟那些找他帮忙的人强调钱花出去了。他喜欢杀熟，跟他越熟的人他宰得越狠。就这，他还要那些人请吃请喝再来一次感谢，一顿饭至少也得一两千，当然去KTV唱歌是跑不了的，有时还要"一条龙"服务，一场搞下来少则三五千多则上万。

头两年，我跟着他胡吃海喝，玩得特别开心，觉得一个人这样活才算没有白活，后来不知为何就有些厌倦了。我猛然觉得吃饭喝酒是一件特别没有意思的事情。我喜欢一个人独处，不喜欢别人来打扰我。当然这是一件特别不合时宜的事情。每次跟他们去唱歌，我会躲在一个角落发呆，一旦被肥波看到他准会往我的脸上扔一个圣女果，或是让一个小妹趁我不注意往我脖子丢进一块冰块。看到我狼狈的样子，那些小妹笑得花枝乱颤。以前我会还回来的，我会把冰块强行塞进小妹的乳沟里，再趁机狠狠地捏上几把。现在我只是很自然地把冰块从衣服里掏出来，随手将冰块丢进垃圾桶里。我没有生气，也没有去搂搂抱抱占小妹的便宜。我这个样子在他们眼里显然是不正常的，肥波看了觉得特别不爽。他骂我："马得意，你他妈的装什么深沉，一天天的，搞得跟个哲人似的，其实你他妈的狗屁都不是。"说完他会为自己说出这么有水平有高度的话而得意地笑，众人也跟着讨好地放肆大笑起来。我恨不得给他们一人一拳，但是我没有，我甚至连生气的表情都没有表现出来，我还得跟着他混饭吃呢。我也跟着他们笑了。他妈的，这是什么事呀，明明生气了，我却笑了。也许这就是生活。

这次肥波拉来买单的是王总。王总的五金厂被查封了。肥波找到一个老乡帮忙解封了，他问王总要了十万。王总觉得肥波的能量大，想跟肥波进一步搞好关系，以后说不定还能帮上忙，于是就有了这一次的饭局。其实吃饭不需要理由的，男人在一起，无非就是吃喝玩乐，在吃喝玩乐中结交感情，在吃喝玩乐中互换利益，当然也在吃喝玩乐中成长成熟。我感觉到这两年我变化很大，首先是身体上的变化，我以前的二八腰的裤子全部穿不了了，现在得穿三四腰的裤子，这些都是拜肥波所赐，当然我得承认，在吃喝玩乐当中我也学到了不少东西。

本来这顿饭我是跑不掉的。临出门时，肥波的宝马X6扎了一个钉子，他要我开去补胎，让我把车丢在4S店就过来。我没有听他的，车是被我丢进了4S店，我接了个电话就去干别的事了。

肥波给我打电话真不会选时候，我正在办好事。我一看到他的电话差点没吓阳痿，趴在赵红艳身上不敢动弹。我提心吊胆地问："波哥，啥事？"

"你他妈的怎么还没有过来？"

"还在4S店呢。"

"我不是让你把车放在那里就行了吗？"

"有些问题修车师傅老是问我。"

"问个毛，好像你很懂似的。"

我只得说："我马上过来。"

话是这样应肥波的，但我硬拖着没去。原因太简单，当你跟一个女人躺在床上，谁他妈的愿意在这个关键的时刻离开，不是有病嘛。说真的，肥波的电话响个不停，我当时杀人的心都有。倒不是身下这个女人让我有多么迷恋，只是这个时间有人来打断我正在进行的幸福生活，心里难免是不爽的。我忍住了。当然我的兴趣也没有了。赵红艳对我的表现显然很不满意，但在这种情况下她也不便抱怨什么。手机放下没有五分钟，又响了。不用看，肯定是肥波。赵红艳看到了手机屏幕上的来电显示，骂道："怎么不喝死他个狗日的！"说实话，他这时打来电话我却有些求之不得。我不是吃了一抹嘴巴就不认账的人，但事情办完了就得迅速离开，任何缠绵都是隐藏的定时炸弹，说不定哪天就把我炸得粉身碎骨。赵红艳抱紧了我不让走。她无所顾忌，眼睛还充满着渴望，可我已没兴致再来一次了。我假装有点不舍，又吻了她一下。女人只有爱一个人才会主动吻一个男人，可是男人吻一个女人并不意味着真的喜欢。我也是这么认为的，我当然不是真的喜欢赵红艳，跟她在一起我总觉得我吃了大亏。我虽然老大不小的了，毕竟还没有结过婚，她比我大五岁，而且还生了三个孩子，这么说起来她算是一个老女人了。我和她在一起纯粹是一种报复的心理作祟。自从和她"好"上了以后，我的内心世界特别矛盾。我单调的生活不再那么枯燥乏味，就像寡淡的清水丢进了几片柠檬，我一边窃喜一边后悔，我有些不敢见肥波了，我不知道该怎么办。和赵红艳在一起时我总有些心不在焉，任她在高潮时拼命叫喊我也兴味索然。这样真的快乐吗？我不确定。也许有过，但是绝对属于一时之欢。跟赵红艳在一起差不多快一年了，我和自己也搏斗了很久，我有时觉得自己禽兽不如，但是我却不能一下子和她断了关系，她一个电话，我就像接到肥波的电话一样，必须赶紧过去。这个女人像拿捏住了我，何去何从由不得我选择了。

肥波的电话还在响。不接是不行的，他会一直打到我接为止。我说："波哥，我马上到。"

"喂，喂，马得意，你快点，我现在和朱百万、向总、陈总他们在一起喝酒……啊，你听到没有，啊，听不清楚，我这么大声你还听不清啊，你赶紧给老子过来，我给你介绍认识一个老板，大老板——王总……你赶紧的……是不是兄弟，你他妈的不来，以后也不要来了……"

他和哪些人喝酒我是知道的，他再次跟我强调无非是说他老有面子了，兄弟们都到齐了，就看我的了。这个面子我得给，我知道我必须得给。我知道我必须走了。

赵红艳当然能看出来我的为难之处，她知道拖不过去了，才不情愿地推着我说："去吧去吧去吧。"

我看着她，很不舍地说："好。那我走了。"

"去吧，喝死他！"

我无奈地说："你以为我不想，可我喝不过他呀。"

她看了一下手机，用命令的口气说："现在都快十一点了，他喝得差不多了，你去喝死他个畜生。"

我心里咯噔一下，老觉得她不是骂肥波，而是在骂我。

路上行人稀少，只有路灯在不知疲倦地亮着。欢悦KTV灯光璀璨，老远就看见它五颜六色的光芒一闪一闪的，让周边的建筑看起来不太正常。走近了，听见男人的、女人的、男人和女人的、撕心裂肺的情歌正从这栋大楼荡漾开来，仿佛这座城市都在恋爱中，或是失恋中。其实，歌声与感情没有半毛钱关系，就像一个整夜睡不着觉的人老说自己生活得如何幸福一样虚伪。来欢悦KTV的都是一群被钱烧糊涂的人，吼那么几嗓子要几千块，正常的人谁会干这事。我整整衣服，挺直腰板走了进去。大厅两边站着两排衣着暴露的小妹向我鞠躬并大声喊道："老板晚上好！欢迎光临！"

这群小妹装扮相同，一样的服装，一样的鞋子，一样的坤包，一样的妆容，远远看起来长得也一样，假睫毛扑闪着，像3D打印的，看哪个都是那么一回事。走近了看，有高有矮，有胖有瘦，她们的脸上全都涂上了一层很厚的粉，把脸上的斑斑点点给遮掩住了。钱小芳满脸笑容地走了过来，脸上的粉底很厚，像刮了一层腻子，把脸上的斑点和皱纹全给遮盖住了。她略微弯腰向我伸出了左手，引着我向肥波的包房走去。钱小芳看起来越来越有女人味道了。一年前她还只是一个DJ小妹，因为放得开深受顾客喜爱，就被提拔为娱乐部经理助理了。她的衣服是黑色西装和黑色短裙，小西装里面是白色的圆领衫，一眼就能认出来，与那群露背露胸的小妹有很大的差别。

钱小芳娇嗔道："哎哟，小马哥，你怎么才来呀？"

我右手搭在她的肩上，把她往我怀里一揽，手向她的胸脯滑去："临时有点事走不开。"她的胸估计专门隆过，大得有些过头，但哪个男人会不喜欢丰满的胸部呢？

钱小芳故意扭了扭身子，其实不是真想拒绝，对于我这样的老顾客来说，她当然明白投桃报李的道理。她把嘴伸到我耳边，我故意一歪，脸被亲个正着。她擂了我一拳说："讨厌！小马哥坏死了。肥波在里面发火呢。"

我一怔，说："咋的？"

"他让王琴订的房，可是王琴不在，他硬说王琴不过来陪他，故意躲他。"

"王琴呢？"

"王琴最近身体不舒服，半个月没来上班了。我让阿英去陪他，他把人家撵了出来，还说什么'朋友妻不可欺'。"

我尴尬地笑了笑。我和阿英没有半毛钱关系，但我差一点儿就被这句话给感动到。我问："还有谁？"

钱小芳说："就他一个。"

"他一个？"

"是的，来时有朱百万、向总、陈总、麦总、梁公子，还有一个好像叫什么王总，他提前买单走人了。他们见肥波醉了都偷偷溜走了。现在包厢里只有他一个赖着不肯走。"

我知道有哪几个人，就算肥波和钱小芳不跟我说也能猜到。肥波每次吃饭都会叫这几个人，陈总和麦总是本地人，有两栋违建，靠收房租过日子，在本地人中算是混得差的了，他们在我面前却牛逼哄哄的。朱百万和向总也是我的老乡，两人开始合伙开了一个烟酒行，后来朱百万跟向总的老婆有了一腿，店子分家了，但是两人还在一起玩，像什么事也没有发生。梁公子因为脖子上长了一颗很大的疣子，背地里我们叫他"公子疣"，做什么的我也不太清楚，好像什么生意都做。肥波几乎每次都是喝得只剩下他一个人，欢悦KTV要关门了他还不肯走，到最后是我搀扶着他上五楼开房，我还安排孙小红去房间照顾他。

钱小芳说："小马哥，要不要把阿英叫来？"我还没有回答，她又说，"她出台了，正在三条八陪客人，要不要让她窜个台，过来陪你喝两杯？"

我连忙拒绝。窜台是不合规矩的。很多小妹喜欢搞这套，这间房陪一下，然后假装上厕所，又跑到另一个包房陪喝几杯，这样可以拿两边的小费。脾气不好的顾客知道窜台会打小妹。我岂会干这种事，最关键的是我对阿英一直没有兴趣，她业务太熟了，我喜欢生手。

经过888VIP房时，透过门上的玻璃小窗，我看见一个胖男人正搂住阿英，他们在对唱情歌《选择》。我往999VIP房走去。门一打开，一股声浪向我袭来，电视屏幕上一个神情忧郁的男人正伤心欲绝地唱着一首忧伤的情歌。肥波一个人坐在沙发上，头低垂着，也不知道睡着了没有。我又望向电视，那个男人还在唱。"片片枫叶是你火热的吻，却吻上了别人的唇，我在黄昏里痴痴地等，等你这个爱上别人的人……"我要钱小芳出去，钱小芳很不情愿地走了。肥波的嘴角拖着一大截涎水，晃荡着垂下来。脚下有一大摊水，夹杂着酒的味道。我坐在他旁边大声喊道："波哥。"肥波抬起头，那涎水一下断了，一部分掉在了地板上，一部分粘在了他的前胸。他挤了挤眼睛，才认出我来，把脸拉得老长，我的心立马就慌了，却极力假装镇静。

"你你，怎么才，才来？"肥波的舌头打了卷，话已说不清了。他一见到我就这样指责，好像我是曹操，他一说我就能到。

我说："路上有点堵。"房间没有别人。我心里好受多了，不管他说什么只要没有人在我也无所谓了。我这个人是不是有些贱，天生注定被他数落的。

"给你打，打打电话，到现在都都快一小时了，在在香香港都过来了。我看你八成又在在，又在干坏事，是不是，又又去天上人间了？"他的眼球已经红透了，脖子像鸡脖子红彤彤一片，一根很粗的筋像蚯蚓一样凸着。说完他笑了，那条蚯蚓在他脖子上蹿动着。

天上人间是一家足浴室，里面服务项目多，作为一个单身男人，我以前会去那里做一下"大保健"舒缓一下蓬勃的荷尔蒙。自从和赵红艳好上后我就没有再去过。我抓了抓头说："哪能呢，玩不起呀。"

"没，没有？要这么长时间。我我就见不得，你你做事磨磨叽叽的样子，不能不能麻溜儿点？真为你着着急。"肥波对我好像有些痛心疾首。我心想，你这话说得才让人着急呢。他又说："那倒是，那那地方不是你去的地方，费钱。改改，改天，我我抓个老板请客，让阿英来陪你，让你干个够。"我干你老婆，这句话我差点儿脱口而出。尽管我非常想说，但是我不敢说，这话说出是要出人命的。

他说到天上人间和阿英，我一下子就放松了，长吁了一口气，不好意思地挠头说："好，好。"阿英是欢悦KTV的一个小妹，她跟DJ王琴是好姐妹，肥波为了讨好王琴，硬是把阿英安排给我。阿英长得太一般了，我老大不愿意，但是为了肥波的泡姐大计，我只能忍痛牺牲自己，装着跟阿英很要好的样子，但是我从来没有叫阿英出台过。我哪有那个心思，也没有那个闲钱。其实我喜欢王琴，虽然她的胸有些小，但是她可爱的样子着实迷住了我，我常常会偷偷注视着她，女人对这一点是非常敏感的，她当然发现了我迷恋的神情，当然也知道我心里的意图。男人对女人的意图无非裤裆里的那点事嘛。她肯定想到了这点，垂下眼睛，脸上会浮现出躲躲闪闪的羞怯，有时会冲我莞尔一笑。当然这一切都是背着肥波的。这个小妖精让我更加着迷了，甚至会在睡梦中出现与她缠绵的画面。每次来欢悦，肥波都是找王琴订房，他也会点阿英陪我喝酒。我能怎样呢，连阿英的小费都是肥波让那些老板出的，我怎能拒绝肥波的一番好意呢？

看到我窘成那个样子，肥波也不再追究我了。我长得憨厚老实，加上在众人面前装得又是一副老实巴交、不善言辞的样子，谁会知道我内心真实的想法呢。我要做一个大智若愚大伪似忠的人。

"来来，过来坐，坐。"

"人呢？他们走了？"我明知故问。

"谁？谁走了？"肥波反过来问我。

肥波问得我有点莫名其妙，一时没有反应过来。看来是真喝多了。我搂着肥波说："波哥，他们都让老婆给叫回家了。"

"他妈的，他们都是，都是一群怕……怕老婆的人。"

"你以为个个都像波哥你这样潇洒，他们每天都得回家交公粮。"我说。

"呵呵，我我，我都几几年，没没交公粮了，自己的老娘们有啥好交的。能省点就省点。"肥波笑了。

"那是那是。"我也笑了，心说你不交我帮你交。我想到了赵红艳。我从吧台上拿起一个干净的高脚杯，满上，又把茶几上的杯子递给肥波，我说："波哥，我们整一个。"

肥波迷迷瞪瞪地说："好，整，整一个，我们。"他一仰脖子，一杯红酒下了肚。

我把杯子摇一摇，一饮而尽，然后又把杯子满上。我说："波哥，你别看喝酒时一大堆人，到最后陪你的还是老弟我。"

他一把搂住了我的脖子，哈着酒气在我脸上亲了一口，说："够够意思，这才是凶器！"肥波把"兄弟"说成了"凶器"，一下就把我给吓住了。他举起杯子，我赶紧从茶几上拿起杯子，和他用力一碰，发出清脆的响声。

"干了！"肥波说。

我说："干！"

趁肥波把眼睛望向别处时，我赶紧把脸擦了一把。肥波的口水很臭，跟他吃饭时我都不敢挨着他坐，不然他说话时会喷人一脸唾沫星子。我的手上有股很浓的臭味儿，脸上露出了嫌弃的表情，当肥波看我时，我立即换成一副热情的笑脸。

肥波让我点了一首《我的好兄弟》。这是他最喜欢唱的一首歌。也是KTV男人们最喜欢唱的歌。当旋律响起时，我和肥波两人一起高唱："在你辉煌的时刻，让我为你唱首歌，我的好兄弟，心里有苦你对我说……朋友的情谊呀，比天还高比地还辽阔，那些岁月我们一定会记得，朋友的情谊呀，我们今生最大的难得，像一杯酒，像一首老歌……"也是怪了，唱歌时肥波舌头像是被熨斗熨过，也不打卷了。

我想起我们刚开始认识的那几年，经常在一起喝酒唱歌，当《我的好兄弟》响起时，我们像真的好兄弟一样，大家紧紧地抱在一起，一起大声地唱歌，一起大杯地喝酒。酒真是一个好东西，一旦喝了酒，我们像换了个人似的，我们好像不是以前的我们，清醒时我们是虚情假意的，但是酒到位了我们的感情也到位了，显得格外的亲，就算平日里我们之间发生了一些不愉快的事，在喝酒过程中所有的不快和成见都会被酒精燃烧得干干净净。也许男人们都喜欢这种感觉，所以常常会喝酒，喝醉了也在所不惜。酒在杯子里是酒，进了肚里就是感情。为了这份感情我们经常把杯子里的酒喝得一滴不剩。我又想起了赵红艳，真是奇怪，酒还是酒，我们还是我们，我这个时候不该想起赵红艳。我承认，赵红艳让我有点沮丧，也让我对自己感到有点失望。我一边和肥波唱歌，一边胡思乱想。到合唱部分时，我和肥波对视着，手紧紧地握在一起。

唱完歌，肥波抱住我问："你你，爱不爱我？"我说："爱！"我差点吐了，两个大男人抱在一起问"你爱不爱我"，我竟然还回答"爱"。肥波又在我额头上亲了一口，我假装去倒酒，不然他肯定会跟我接吻，这他妈的谁受得了，不恶心死才怪。

最后的一瓶红酒喝完了。肥波叫来钱小芳问还有没有存酒。我给钱小芳递了个眼色，她忙说没有了，上次存的也喝光了。肥波又要叫一打啤酒，被我坚决拦下了。

肥波被我拽出了欢悦。我想我们也应该散场了，肥波却拉着我的手不放，他说还有好多话要跟我说。他拉着我去了路边的"潮州打冷"继续喝。老板娘李萍儿挺着一对大奶子一颤一抖地过来了，热情地招呼我们。老板老曹总坐在收银台那里划着手机，抬头看了我们一眼，又低下头看手机。这个店子的老板憨厚老实，老板娘热情奔放，这也是我们喜欢光顾的原因。李萍儿很热情地把我们迎到最靠边的一张桌子上。"潮州打冷"很怪，没有其他酒水，只有小瓶的劲酒。

李萍儿问："波哥，吃点什么？"

肥波醉眼蒙眬地看了她一眼说："还还，要我说吗？"

李萍儿赔着笑脸说："好的，我安排，我来安排。"

李萍儿低着身子，笑着对肥波说："波哥，我搞了一点'好汉子酒'，你们今儿尝尝，效果惊人得很！"估计又是什么补肾壮阳的酒。这不是要人命嘛，喝了又得找地方宣泄。

肥波说："好好，晚上找你。"

李萍儿笑着说："好呀，只要你来，我就陪，保管把你陪好。"

肥波捏了一下李萍儿的大屁股，她身子往旁边一趔，用手打肥波的手，假装嗔怪道："要死！"扭着屁股往收银台走去。

一瓮虾肉皮蛋粥、一盘花甲、一盘田螺、一盘基围虾、一盘番薯叶、一盘通心菜和两瓶"好汉子酒"。我把"好汉子酒"倒进玻璃杯，肥波好像突然想起什么伤心往事，他没有和我碰杯，自己先连干了两玻璃杯，搞得我连忙陪喝了两杯。这一杯差不多有一两多，喝得我顿时有一团火在心里燃烧。虽然酒的度数并不高，但连喝两大玻璃杯，还是挺剌喉咙的。平时我们都是喝53度酱香型的酒，小玻璃杯，我们一仰脖就进去了，连眉头都不皱一下。不知道是不是酒精的作用，肥波愈发健谈了。他有太多的话憋在肚里，像河水一样滔滔不绝地向我倾泻过来，也不管我愿不愿意听。他从来没有考虑过我的感受。我只能听。在他面前我没有插话的权力。他讲他怎样和王琴认识，讲他想方设法照顾王琴的生意。这个我是知道的，有时是别人要找自己"相好"的DJ小妹订房，只要叫了肥波就算是订了房也得退掉，由肥波订王琴的房。他讲他如何陪王琴过生日，讲他给她买最新款的苹果手机，讲他每次到机场接送王琴，给她买往返的机票。我一边听着，一边点头，一边沉思。肥波突然没有了声音，我一扭头，发现肥波竟然趴在桌子上呜呜地哭了。我一点也不意外，喝了这么多年的酒，什么场面我没有见过，有装疯卖傻的，有借酒撒泼的，也有醉酒逢人发钱的，肥波喝到位了就是喜欢哭，哭他这么多年多么地不容易，哭他为了挣钱在当官的面前当孙子。这次哭是为了王琴。肥波在王琴身上花了不少钱，可是一点便宜也没有占到，这让他觉得自己很失败。他哭着哭着，竟然吐了。那味儿甭提多难闻，旁边几个桌子上的食客都是一脸嫌弃的表情，李萍儿叫老曹过来打扫。老曹很不情愿地放下手机，拿着扫帚过来打扫。

菜被我们吃光了，两瓶"好汉子酒"也喝光了，一大瓮虾肉皮蛋粥喝了一半。我觉得差不多了，我拉肥波走，他坐在椅子上不肯起来。再拉，他顺着椅子往下滑。我连拉了好几次，竟拉不动他。这时我叫的滴滴来了，一直在路边按喇叭，我忙招手应着。滴滴是一辆比亚迪宋。换着往常打死他也不会坐这种车的，他说坐别的车晕，还是坐他的宝马X6好。这不废话吗，价钱不一样感觉能一样吗？现在他已没有了选择的意识，也没有了选择的权利。我和老曹两个人费了好大劲才把他架进了车里。滴滴司机见他喝成那样，说车上没有陪护就不拉了，我只得叫老曹陪着，直接送他到酒店开房，当然车钱房钱都是我出的。

送走了肥波，我心里长吁了一口气。路上的霓虹灯不停地闪烁着，已看不到一个人了。几只流浪狗在路边嗅来嗅去。我慢悠悠地走着。我喝得也有些多，脑子迷迷糊糊的。一阵风吹来，我打了个寒战，离家还有一里来地。这时手机响了。是赵红艳的电话。这才几个小时又想我了，女人哪，还真离不开男人。接了电话，才发现不是我想的那样。

赵红艳哭了。声音嘶嘶哑哑地传来。

我以为她出了什么事，忙问："咋的了？你说话呀。"

"肥波被车撞了。"

我怀疑听错了。"你说什么，肥波被车撞了？"我问。

在得到赵红艳肯定的答复后，我立即打电话给老曹。"老曹，我——马得意。"

"小马哥，你到家了吧？有啥事？"

"你有没有把肥波送到酒店？"

"送到了呀，肯定送到了，这个你放一百二十个心。"

"放一百二十个心，肥波出车祸了，你知道不？"

"啊？不可能呀，我一直把他送进房间才走的，他还跑出来一次，站在客房走廊上撒尿，我把他拉进去，看他躺在床上睡下了才走的。"

"肯定是你走了他又跑出去了。"

我匆匆挂断电话往医院里跑。路上，我又给朱百万、向总、陈总、麦总、公子疣他们几个一一打了电话，他们感到很吃惊，说马上到医院。

赵红艳坐在走廊的长椅上哭。她的眼像两眼泉水，汩汩直往外冒。我四处看了看，他们几个没有来，病房里也没有果篮。我希望他们早点过来，这事我一个人真不知该怎么处理。我挨着她坐下，递给她一张"潮州打冷"的餐巾纸，她没有接，一下子扑到我怀里，抽泣起来，样子可怜极了。她的脸紧紧地贴在我胸前，眼泪洇湿了我的衬衣，暖烘烘的泪水透过衣服渗在我的身上，又变得冰凉了。毕竟是在医院里，我怕人看见不好，张开双手，小心翼翼地问："怎么样了？"

赵红艳好不容易才稳住情绪，半天才说："还在抢救，还不知道结果，听医生的意思，可能性不大。"说完她抱着头又哭了起来。

第二天结果出来了。脑颅瘀血，瘀血虽清理出来了，人却深度昏迷，靠呼吸机维持。

肥波成植物人了。我脑瓜子嗡嗡地。我又给他们几个打了电话，要他们过来看一下肥波。他们听说肥波成植物人了，感到很吃惊。朱总和向总像约好了一样，都说有事走不开。陈总听肥波成了植物人后，手机信号突然就不好了，他"喂喂"了几声，又听见他在电话那头自言自语地说"什么鬼信号"，就挂断了电话，再打过去一直占线。麦总的电话一直在通话中。梁公子竟然关机了。我心里直冒火，却拿他们没有办法。

病床上，肥波身上包裹着一层层的白纱布，像一具木乃伊。身上插了好几根管子。床头旁的脑电图呈一条直线，这就意味着他的脑干反射功能全部丧失。

他躺在床上，再也不能对我颐指气使了。我突然想到，肥波这样了我以后的生活怎么办？我不认识那些领导，当然也无法为他人穿针引线。我希望他能好起来，希望他能在我面前颐指气使，但他一动不动。赵红艳坐在床沿上，双眼直直地盯着肥波，呜咽着，眼泪不停从脸上滑落。我不知道怎么安慰她，轻轻拍了拍她的背。她泣不成声地说："我好后悔……我不该跟他闹别扭，他整天出去应酬也是为了这个家……我应该劝他少喝酒的。

如果昨晚我让孩子给他打电话，也许他就回家了……也就不会出事了……"说着她又哽咽起来。人总是在事情发生后才会后悔，也对以前不理解的事物突然就理解了。

我有些手足无措。肥波在这躺着呢，虽说他已无意识了，但当着他的面抱着赵红艳我还是觉得有些别扭。

记得那次肥波让我往他家里送东西。一敲开门，赵红艳穿着一件吊带睡衣，白扑扑的胸部露出大半截。那是我第一次见赵红艳。我脸一红，把东西放下就走了。后来我又去送一箱提子，她让我放进冰箱里。当我转身时，与站在身后的赵红艳撞个正着，她人往后倒，我本能地一把抱住了她。她就抱住了我。我也不知道怎么搞的，就和她睡在了床上。我觉得这一切都是她有预谋的行动。说实话，第一次见她我就有干她的想法，但那只是个想法，我没有想到会付诸行动。毕竟她是肥波的老婆，肥波知道了非阉了我不可。虽说她身材保养得十分匀称，完全没有中年妇女发福的状态，但是脸上的皱纹却掩盖不了，女人一有皱纹就显老。她跟肥波过得并不幸福。肥波整天在外面瞎混，他认为能挣钱养家就是尽到了责任。在我的印象中，肥波一个月难得在家里住一晚，就是回家住也是喝醉让我和几个哥们一起抬回去的。肥波从来没有在我们面前打电话给赵红艳解释晚上不回去的原因。一个女人如果经济不能独立，衣食住行全指望一个男人，那么注定会被这个男人所忽略。我那时有些同情赵红艳，但再怎么同情我也不应该在那方面同情。肥波虽然不知道这事，但我觉得这么下去不是个事，怕被肥波发现是一方面，另一方面我有了喜欢的人。我决定跟赵红艳断掉这层关系，话在脑子里酝酿了很久，还没有说出来却发生了这种事。看着肥波，我突然觉得我太不是人了。

赵红艳哭够了，停止了抽泣，身体依然在痛苦地抽搐着。我再次轻轻地抚摸着她的背。她猛地用力把我推开。我手足无措地站在她面前。她这时说话了，手指向门，说："你走吧，以后也不要来了。"

　　我不解地"嗯"了一声。望着她，意思问她什么意思？

　　她继续说下去："我要照顾肥波，我想如果他知道了，他最不想见的人肯定是你。你说是不是？"

　　这个问题的确让我感到有些难堪。我用舌头舔了舔嘴唇。

　　她怕我没有搞明白她的意思，又生硬地重复一遍："你走，以后也不要来了。"

　　话说到这个份上了，我不可能不知道她的意思了。这不正是我想要的结果嘛。但话从她嘴里说出来，还是让我有点不知所措。我心里竟然还有些失落和难受，我也不知道我为什么失落，又为谁难受。我不是早就想离开她吗？我望了望肥波，又望望赵红艳，赵红艳把脸别过去，她不想看我。我拍了拍赵红艳的肩膀，然后离去。

　　我懒得走路，拦下了路边一辆慢慢驶来的出租车。平时我是叫滴滴的，比出租车便宜很多，但我现在没有考虑这个问题。司机问："老板，你到哪里？"

　　我盯着窗外没有说话。

　　司机大声问："老板，去哪？"

　　是呀，去哪？我想去喝酒，可现在是下午，离吃晚饭还有一段时间，我突然想到肥波这样了，那些平时喝酒的哥们一个也没有来，我现在找他们喝酒他们肯定也不会来。我对他们有些失望，兄弟？全是狗屁！我的心情坏到了极点，我大声说："往前开！"

可能我是从医院出来的，我糟糕的心情得到了司机的理解，他说："兄弟，看开些，没有什么过不去的坎。"

"叫你开你就开，哪那么多废话！"

司机从后视镜里看了我一眼，车猛地向前窜去。我望着窗外，一路都是熟悉的场景，不知不觉我来这座城市已经有五个年头了。车从欢悦KTV经过时，我说："去盛世珑庭。"

十分钟后，车到了盛世珑庭。我往里走。我的脸板着，小区门口的保安不敢问我，假装没看见让我进去了。我走进电梯，摁楼层键。电梯在八楼停下，我敲开了8008房的门。王琴穿着一件吊带睡衣，她打了一个哈欠说："你怎么这个时间来了？"

我问："你咋了？"

"什么咋了？"

"钱小芳说你身体不舒服。"

"嗯，有点反胃。"

"没事吧？"

"没事。"

我叹了一口气说："肥波出车祸了，成了植物人。"

王琴"啊"了一声，嘴惊讶地张开了一个"O"字形，半天都没有闭上。这太让她感到意外了，她问："啥时候的事？"

"昨天，今天……昨天出的车祸，今天诊断为植物人。"

王琴站在门口，好像没有让我进去的意思。

一阵无言的沉默，比我预想的时间还要久一些。我径直走进去，一屁股坐在了床上。肥波弄成这样是我没有想到的，说到底我还是有责任的，如果我能一直陪着他肯定不会出这事。我知道事情并不能因为追悔而改变，可我仍懊悔不已。

王琴挨着我坐在了床上，半晌才说："我怀孕了。你的。"

我从床上弹起来，吃惊地看着王琴："你说什么？"

王琴说："我怀孕了，是你的孩子。"

我抱住王琴，呜呜地哭出声来。我不知道是伤心还是高兴。

姑　嫂

一

我又感冒了。人吃五谷杂粮咋能不生病呢？估计是水土不服，来这里后我老是生病，不是这里疼就是那里痒，我已习惯了。

我坚持上完了班，回到出租屋，刚打开房门，身后有人环腰抱住了我。我知道，除了小变态没有别人了。我有些无力，喃喃地说声"要死"，他推着我往里走。我怕被人看见，扭转身子忙把门关上，显然他会错了我的意思，像饿坏了的人急着扑向食物。我还生着病呢，我连骂了两声"要死"。

刚进厂时我搞不明白为啥大家都叫他"小变态"，人吧长相倒也周正，言行举止也在可以接受的范围之内。后来才知道是我们板材部的主管喜欢和女工开下流玩笑，被女工们叫作"老变态"，因为他是主管助理，也跟着被喊作"小变态"了。小变态的胆子越来越大了，来的次数也越来越频，我说过他好多次了他就是不听，像一个尝到甜头的孩子开始了无休止地索求。每天下班，我总能感觉有人在身后，扭头看时却没了影儿，当我打开门时，那人跟着我屁股后面进来了，不用问就知道是小变态。我有些怕他了，在厂里看见他我会面红耳赤，心扑通扑通跳个不停，这时我不敢张开嘴，我怕心会从嘴里跳出来。我怕同事知道我们的事。他见到我了嬉皮笑脸的，像什么事也没有发生过，我却做不到那么洒脱，说到底，还是做贼心虚。

我和小变态的关系是见不得光的。我有老公，但不是他。我老公郭军舍不得老家生产队长的职务，好像他对自己的仕途充满了信心，宁可拿一年不到一万元的死工资，也不愿出门打工，在他眼里打工的人都是在家里混不了一碗饭吃才背井离乡的。不过他不出来打工我也是能够接受的，毕竟家里的地要有人种，小虎子要有人带。小虎子是我儿子，已经三岁了，想到他可爱的样子我就忍不住掉眼泪。小变态也有老婆，也在老家。我们这样算个什么事？但是这事像河堤决了口子，想堵住就不容易了。小变态对待男女之间的这点事很上心，他说生活要有仪式感，只有认真对待才能把庸俗的事上升到艺术的高度。平时要忙着上班，他像对付一份快餐，总是囫囵吞枣。小变态身上有股浓浓的机油味，像身上自带的，怎么洗那味儿也无法洗掉，他的职务是主管助理，其实就是一名机修工，板材部的那几套机器只有他和老变态玩得转。我是一个爱干净的女人，在老家时把里里外外收拾得亮亮堂堂的，谁见了都夸我把家打理得好。自从来这里后，床单几个月没有洗了，上面有我的味道，有他的味道，也有他身上的机油味。我懒得打理了，打理了给谁看？连亚男也很少往我这里来一趟。

看着身旁这个熟睡的男人，我不禁想起了我们之间的开始。

那天在车间里，我的头猛地又眩晕起来。这个现象好久了，我舍不得花钱去医院检查，就这么干拖着。平时感冒了也是这么拖好的，要不就是盖床厚被子焐一身汗就好了。眩晕拖了这么久一直不见好，一阵阵的，说来就来说走就走，来了就像发高烧，脑子迷迷糊糊的。我眼冒金星，看一切都模糊了，仿佛整个车间都在摇晃，人也跟着在眼前晃动，我手往前一伸，想扶住前面的墙柱，结果扶空了，人一下倒在了地上。当时我能听见众人的惊呼，却无力让自己站起来。醒来时我发现自己躺在医院的病床上。医生说没什么大问题，是营养跟不上导致贫血引起的。平时我舍不得吃，一天吃两顿饭，有时一天只吃一顿饭。钱没省下来，进这趟医院全给花了。我心疼不已，硬撑着出了院。我感到特别无助，一个人在出租屋，忍不住失声痛哭。晚上有人敲门，我以为是亚男来看我了，打开门却是小变态。这让我很感动。他为我买来了红桃K生血剂，还有同仁堂蛋白粉。他为我冲了一碗蛋白粉，手捧着碗不停地吹热气儿。他扶着我的身子，喂着我把一小碗蛋白粉吃了下去。我本来要拒绝的，无奈身子不争气，温顺地靠在他胸前，微微闭上双眼，一口一口地吃。平时一下班就把自己关在出租屋，四堵墙压抑得人喘不过气来，身体不似以前那样好了，动不动就生病，生病了无人关心无人问，小变态这样贴心地照顾，让我心头一热，不知怎的两人就睡在了一起。我从来没有和郭军以外的男人做过那种事，心里老觉得对不起郭军。

　　早晨六点时，小变态的手机在床头柜上突突地打转儿。他醒了，摁一下手机，又趴在我身上。我骂了句"要死"。对小变态不知饥饱的行为我有些反感，当然我像昨晚一样没有配合他，死人般地在他身下。等小变态一结束，我推他下了床。起来后，一个洗脸刷牙，一个蹲厕所，彼此充分利用时间和空间，默契程度俨然一对生活多年的夫妻。

打开房门，我把头探出去，四周张望，确定没人才推着小变态出去。我小声命令他赶紧走。待小变态走远了，我又理了理头发，其实洗脸时头发已经梳理得一丝不苟了，头发扎成了马尾，一根头发丝也没有披下来，不知道为什么我总觉得头发有些凌乱。

刚开门正好碰上了从楼上下来的亚男，她的高跟鞋敲得楼梯咚咚响。幸好小变态让我推走了，要是现在出来的话，不是被她抓个正着？想到这，我感到有些后怕，脸立马红了，心跳得厉害。我用手理了一下头发，掩盖着我的心虚，怯怯地叫了一声，嫂子。亚男没有说话，只是点了点头。她在写字楼工作，身上天然地带着高高在上的优越感。她目光如炬，越过我往房间里看。我不由得紧张起来，生怕被她看出点蛛丝马迹。亚男盯着我好一会儿才说，海琴，感冒好了？她怎么知道我感冒了，这事只有我们板材部的人知道，我在心里嘀咕，轻声说，好多了，还有一点点低烧。她说，要不要休息一天？我跟你们主管打声招呼。我忙说，不了不了，休了病假就没有全勤奖了。她又点了点头说，走吧。我嗯了一声，砰地把门关上。

我们并排往厂里走去。她边走边上下打量我，我愈发紧张了，心一直扑通扑通跳个不停，我甚至有些不知该迈哪条腿走路了。

出租屋离厂有两三里的路程，平时慢悠悠地半个钟就能到，今天我却感到路程比往日要远一些，半个钟显得特别漫长。才七点多，太阳已经有了它不应该有的样子，到处雪白一片，照得人身上像有千万根针在扎。这个火辣辣的城市，给我的印象好像只有五彩斑斓的夏天，如果硬说有冬季，那就像我们初次见面时的热情一般，转瞬即逝。

亚男骄傲地向前走，那对奶子顶得老高，像要给路上的行人喂奶吃。她身上散发着一股淡淡的香味。阳光下，光彩照人。她越来越年轻了，白衬衣，黑筒裙，细跟鞋，难怪梅海涛一定要我跟她出来打工。

我是亚男弄进厂的。本来梅海涛要跟亚男出门打工的，她说厂里不招男的，家里的几亩地荒了怪可惜的，儿子小龙也得有人带。她的话让人找不出反驳的理由，可是夫妻长期不在一块儿终归不是个事儿，好多夫妻就是因为两地分居而出现了问题，出轨的，离婚的，还少吗？梅海涛的担忧并非没有道理。亚男没嫁给他之前就在外打工，浑身上下露出阅历丰富的气场，而梅海涛顶多算得上是一个没见过世面的"黄花大闺男"，私下常有人说亚男嫁给梅海涛是"白菜心让猪拱了"，尽管我家的条件在槐树湾属于中等偏上水平。梅海涛要我跟着亚男出来打工，两人有个照应，我当然知道他的心思，无非是要我帮他盯住亚男。带我出来打工，亚男确实找不到合适的借口拒绝，你说年龄吧我比她年轻四岁，学历吧我还是高中生，她只是初中毕业。她顺利地把我弄进了厂。她说要是早两年可以把我弄进写字楼，现在写字楼里全是大学生，还是什么985、211学校毕业的。我不计较这些，能出门打份工，收入比在家里强多了。我知足了。

人们常说知足常乐。我却快乐不起来，像大雨来临前闷热的天气，隐约有莫名的不安。

二

晚上，亚男突然来了。她怎么来啦？我心中自忖，她来必定有事。说突然是因为她有好久没有过来了，虽然我们租住在同一栋楼里，出门在外应该相互照应的，可是我们各过各的。她整天穿着那细高跟的皮鞋，爬楼肯定吃力，可她仍选择住六楼，她嫌下面吵，说住在上面清静；我住在三楼。刚来时，我想和她同住，在外面打工不容易，同住可以一起开火做饭，租金和生活开支可以省下一大半。我以为她会同意，毕竟姑嫂关系摆在这里，她却拒绝了，她说跟陌生人住在一起会觉得浑身不自在。我能说什么呢。既然她把我这个小姑子当作陌生人了，我还有什么理由死皮赖脸地缠着和她住在一起呢。

人就是一两句话一两件事开始生分的。她不往我这里来，我也很少往她那里走，时间久了，日子倒也过得平静如水。她突然登门反倒把这份平静给打乱了，我顿时有些手足无措，堵在门口，忘记请她进来了。

她还是那身衣裳，与早上见面时有一点不一样，哪里不一样，我说不上来。她并没有征得我的允许，背着双手斜着身子进来了。她像第一次进这间出租屋似的，四处打量着。床角下有一团卫生纸，我在心里骂了一声"要死"，早上竟然忘记收拾了。趁她看着别处，我轻轻一踢，那团卫生纸滚进了床下。我的脚收回来时她正好看见，她的眼睛死死地盯着床那里。她看不见床下那团卫生纸的，除非她的眼睛会拐弯，显然她已经察觉到我用脚踢了一下。我怕她能看出点什么来，脸色顿时煞白。一般姑子跟嫂子不太对付，虽然每家的情况不同，但是姑子很少有害怕嫂子的，至少我是这样的。眼下我却有些怕了。她没说什么，我也没说什么，有些事情解释不清，越解释越是此地无银三百两。我尴尬地笑了笑说，嫂子别光站着了，坐坐。这时她把目光从床下移到了床上。床上的被褥已收拾好了，方方正正的。想到小变态盖过这床被子，我心里又是一颤，不知道她能不能闻到那股怪味道。她轻轻掸了掸床，双手抚过屁股后面的裙摆，优雅地坐下，像坐在写字楼里的那一把可以转动的办公椅上。我心里舒了一口气。

我也坐了下来。我们有好久没有这样坐在一起了，我有些不自在，双手交叉握在一起，两只眼睛盯着自己的手。

我们好半天没说一句话，房间很安静。我特别想打破这种安静，却不知道该说些什么，我在等着她先开口，虽然在我的房间我理应先开口，可是又觉得我先开口有些不妥。楼上有人上厕所还是冲凉，哗哗地冲水，水沿着下水管把声音传递到了房间。亚男的眼睛四处巡视，看看这里，瞧瞧那里，好像这个房间藏有许多她想知道的东西。直到这个时候，她才把目光收回来，望向了洗手间，然后又落在了我身上。她直愣愣地看着我问，感冒好了？

我用手背碰了一下额头说，好了。

听说李兆丰给你买了感冒药。她说。

李兆丰就是小变态，她的话带有质疑的味道。我吓了一跳，心笃笃地狂跳不停，额头上也渗出一层细细密密的汗，像是下班前喝的那一包三九感冒冲剂起了作用。我没有想到亚男会突然提起这事，难道她发现我和小变态的事了？如果不是坐在床上我可能会直接瘫软在地的。转念又想，不会呀，这事除了我和小变态外不会有第三个人知道，难道小变态的嘴把门不严给秃噜出来了？还是她在诈我？不管怎样不能自乱阵脚，我竭力压平情绪。她赤裸裸地说了出来，多少让我有些猝不及防。我不知道她哪里得到的消息，既然知道了也没有隐瞒的必要了，不就是送个药嘛，说破天能大到哪里去，不如大大方方地承认。

我淡淡地说，是的。我也不作过多解释，只是简单地回答，有我做小姑子的风范，理直气壮反倒让她找不出毛病。

你们领导还是蛮懂得关心人的，可要好好工作。亚男笑了，笑得怪怪的。

我说，部门的人都还不错，主管说下个月给我晋一级工资。

她说，我知道，我跟他打了招呼。

我笑着说，谢谢嫂子！我说呢，我还没有到时间，这好事怎么就轮到我了。我就知道，一定是嫂子在帮忙。

她说，我刚来这里上班时就没有你那么好命，死活都没有人管，啥事都得自己扛，扛得了扛，扛不了也得扛。她的话有些伤感，好像她在这里过得并不像我看到的那样风光，至少这话里道出了她曾经有过一段不堪的过往。

我们又沉默了。一只花蚊子围着我俩打转儿，它扇着翅膀，发出细弱的嗡嗡声。我们盯着这只蚊子。花蚊子转了几圈，落在了她的手臂上。她制止了我要拍打的冲动。花蚊子把细细的喙管扎进了她的皮肤里，肚子一点一点地鼓胀起来。这时我怦怦直跳的心早已平息下来，我把注意力放在了这只蚊子上。她伸手猛地一击，花蚊子被她打成了薄薄的一小片，她用食指轻轻一弹，那只花蚊子被弹得没有了影儿，只有手臂处留下了一小块红红的血迹。

我赶紧从床头柜上拿来六神花露水，轻轻地涂抹在她的手臂处。这时，我陡然想起了亚男哪里不一样了，是她身上的菊花香已经没有了，反倒有了一股子男人的汗臭味。写字楼里的男人也出汗？他们可是在冷气室里工作呢。

她问我，最近给郭军和小虎子打电话没？

我说，打，哪能不打呢，昨晚还视频对话了。撒谎对于我来说已经成了一件很平常的事情，但是在她面前撒谎我还是脸红了。

你呢？

哦，我也打了，昨晚我跟你哥视频了。你哥说家里的油菜花开得可好了，城里的人都去拍照。你哥说小龙又长高了，差不多快有我高了。

我的心渐渐轻松下来，我们终于找到了共同的话题。对于女人来说，聊丈夫孩子才算话题，其他的只是生活中的调料，让单调的生活有不一样的味道，终归家庭才是一个女人的根本。

亚男走后，我立即与郭军视频了。身处异乡的人最难过的还是夜晚。刚过来时我每天跟郭军视频聊天，时间长了也提不起兴趣了，有时几个星期也不打电话。我不知道我是怎么度过那些夜晚的。我让郭军给我发几张小虎子和油菜花的相片。他告诉我家里的油菜籽已挂果了，油菜花半个月前就已经落了。我张大嘴巴，半晌没有说话，目光紧紧地盯着铁门，仿佛亚男还站在门外。

郭军说，油菜花有什么看头，农村出来的，你还没有看够？

我说，我只是想你和小虎子了。

晚上快十点时，有人敲门。我知道是小变态，我关了灯，躲在屋里不出声。小变态敲了半天才走。

那晚，我躺在床上辗转反侧，到了下半夜才睡着。我做梦了，我梦见小虎子不喊我妈妈了，我梦见郭军了，但我不能确定，因为郭军不一定是郭军，有时候他会变成小变态，小变态也不一定是小变态，有时候他又会变成郭军。等我醒来时，天已亮了。

又是一个好晴天，一大早上，阳光已把窗户上的不锈钢隔柱晒得发烫。我知道今天用不着喝三九感冒冲剂了，因为我的额头冰凉凉的，烧早已退了。

三

一大早，外面的太阳就把我叫醒了。阳光透过窗帘照进了房间。我起来后第一件事就是打扫房间，旮旮旯旯也没有放过。有些错误可以一犯再犯，有些错误却一次也不能犯，比如说我昨天犯的错误低级得不得了。

打开房门，我迎面看到了亚男。我在房间里竟然没有听到她笃笃笃的高跟鞋敲打楼梯的声响。她走路时，人还没到高跟鞋的声音先传了过来，现在却不声不响地到了我的面前。

海琴早。她问候道。她没有立即走的意思，像昨天一样又迅速往我的房间里扫了一眼。

我不敢看她的眼睛。她的眼睛像一把刀。昨晚我没让小变态进来，应该是有底气的，可是现在我在她面前却越来越没有底气了，有时说话尽量硬一些，却像夹生饭，明显感觉差了一把火。我也不知道为什么，仿佛我已经被她捏住了把柄。我跟着说，嫂子早。我去关门，她的眼睛还在往我房间里看，直到门完全关上了，她才有些不舍地往楼下走去。

今天的天气比昨天还要好，走出出租屋的大门，阳光扑过来，刺得我眼睛睁不开。我们一进厂门就分开了，她挺着胸脯径直往写字楼走了，我低着头往板材部走去。我心不在焉，找了半天才找到我的考勤卡片，往打卡机上一插，咔的一声，打上了上班时间。对于我来说，新的一天真正开始了。

中午，我蹲在马路牙子上吃饭。厂里食堂的饭菜又贵又不好吃，厂里大部分的人都是到厂旁的小吃店买吃的。小变态凑到我跟前。我低着头说，我们的事我嫂子好像知道了。小变态怔了一下，说没事的。我生气地说，你当然没事，可是我有事。小变态又说，没事的。见他那副没心没肺什么都无所谓的样子，我心里就有气，骂了声"要死"，把还没吃完的半盒饭丢进了垃圾桶，往车间走去。

一下午我都没有理小变态，他还是嬉皮笑脸地往我跟前凑。小变态跟别的女工也这样，所以他跟我说话或是开玩笑也没人当一回事。我板着脸，一直不理他，他觉得无趣又去撩别的女人。这几天我都是这样，他仍然没羞没臊地在我面前晃悠。

我每天都是准点下班。加班费高，老板舍不得让我们加班，就是赶货期间加了班，等到订单少时会让我们补休。没有班加，下班了特别无聊，心里空落落的，我莫名想起了小变态。他在我面前让人觉得碍眼，这几晚他没有过来心里又怪想他的。和他在一起我也不快乐，在担惊受怕中怎会有快乐呢？我又翻起了以前租客丢下的一本《江门文艺》。看了几页，我趴在床上睡着了。

不知过了多久，一阵急促的敲门声把我惊醒。我看了一下时间，十点半，从时间上分析，在这个点敲门的应该是小变态。我没有想到这么晚了他还会过来。我犹疑着要不要给他开门，他在外面敲得更起劲了，铁门被他擂得咚咚响，还大声地喊。他喊我开门的声音故意拖长音，怪怪的，听上去有点像外面流浪猫凄惨的叫春声。他这个样子让我很惆怅，好像不开门他就不会走，再不开门，敲门声会惊动隔壁邻舍，他不要脸我还要脸呢。

我把门刚打开，就看见他嬉皮笑脸的样子，人跟着挤了进来。我骂了句"要死"，他听了不恼，反而很兴奋，一下就把我抱了起来，我拼命捶他他也不肯放我下来，等放我下来时已把我压在了床上。我像死人一样任由他胡来，他好像没有兴致了。

他问，你怎么啦？

我没好脸色地说，以后你还是不要来了。

他一副很无辜的样子问，为啥？

我说，不为啥。反正你不能过来了。

他说，你总得给我一个合理的解释吧。

你要什么解释，我说不要来就不要来了。

你不说清楚，我就一直来。他又开始嬉皮笑脸了。

这样不好，让人知道不好。

有什么不好的，厂里打平伙的还少吗？

厂里有很多男女组成临时夫妻，叫打平伙，在异乡工作和生活上相互照顾，但并不影响各自的家庭，到了假期各自回家就不再联系。我说，他们是他们，我是我。我不想这样。

他侧着身子看着我说，好好的，你怎么突然这样了，反正我不答应。他像孩子一样耍起了赖，让我一点辙都没有。

我说，我嫂子住在楼上，她知道了不好。

他听了抿着嘴笑，笑声要出来又没有出来，出来的音像放屁，咔咔地响。我有点蒙了，怒道，你傻笑啥？

他冲我眨了眨眼睛，诡谲地一笑说，原来你是因为这个呀，你怕啥哟，她还不是一个尿样！

我一怔，眼睛满是疑惑。

他很认真地说，你嫂子跟刘助理在一起打平伙。

我说，要死，尽瞎说。

他举起了右手，像电视里的那些法官宣誓一样，我如果有一句瞎话，出门就被车撞死。

他认真的样子让我无法确定他说的到底是不是真的。

我以前在装备课，和你嫂子做过两年同事，你嫂子当年为了进写字楼当文员，就做了刘助理的小三。小变态补充道，这事厂里人都知道，所以厂里没人敢跟她拍拖，一个是她跟刘助理一直连连扯扯的，还有一个是谁敢跟刘助理抢女人？后来她回了老家相的亲结的婚，没想到嫁的是你哥，不过，你一来我们就知道你是她的小姑子了，所以也没人敢跟你说这事。

刘助理这个助理跟别的助理不一样，他是总经理助理，在这个厂是一人之下万人之上。我眼角一跳，压低声音说，你说的是真的？

小变态斩钉截铁地说，这还有假！谁敢拿这个乱开玩笑。没影的事谁敢乱说呀，不是败坏人家名誉吗？

我完全没有想到亚男会跟人打平伙，哦了一声，闭上眼睛陷入了沉思。刚进厂时有工友不知道我与亚男的关系，曾说过她是通过刘助理才进的写字楼，后来被其他工友制止了。后来可能工友们都知道我和亚男的关系，也没有再当着我的面聊起她了。

我睁大眼睛说，这事你可不要在外面瞎说。

你放一万个心，我嘴紧得很。他嘿嘿干笑一声说，不过，厂里谁不知道呀，我一直以为你知道呢，到现在你嫂子还在跟刘助理打平伙。

我吃惊地把嘴张成了一个"O"，好像跟刘助理打平伙的是我，脸渐渐涨红了，不由得在心里感叹道，天呀，我哥被蒙在鼓里，还让我帮他盯梢。这可咋弄？

小变态十分认真地说，这事你千万不能告诉你哥，你想想，她一个女人也不容易，举目无亲的，一个人在这边一待就是一年，不是在守活寡吗，作为一个健康的女人在生理上也是有这个需求的。他用手指戳了我一下，笑着说，你说是不是呀？

我没有答话。不知是不是他被自己的话撩拨得起了反应，他又兴奋地趴在了我身上。这时我脑子全是亚男赤身裸体跟刘助理滚被窝的动人场景。那场景搞得我热血沸腾的，显得特别亢奋，我把小变态骑在了身下，像牧马人在草原上策马奔腾。我顾不上羞了，不再像平时那样憋着了，我咬住了小变态的肩膀，痛得他刚要叫出声，我却先叫了，他反倒闭住嘴巴不敢叫了。我叫的声音很大，我想隔壁住的人一定能听见。

四

这几天晚上我一直睡不踏实。有时失眠，一夜没合眼。虽说我知道了亚男的秘密，但是并不代表我的秘密就可以见光。我一直在想这件事，难道我和小变态的事真的被她发现了？我思来想去也找不到哪里露出了破绽。她是不是早就知道了？我不知道。真让人头疼。进厂后我们很少有见面的机会，下班了也难得碰上一回，亚男连续几个早上站在我门口，好像她故意在等我似的。难道这纯属巧合？可连续几个早上这也太巧了。现在我已经确定她知道了。虽然我也知道了她的事情，这并没有让我有恃无恐，反倒让我的心里更虚了，我不知道怎么向梅海涛交代，我好像成了罪魁祸首，本来是帮梅海涛盯梢的，现在倒过来被她给盯住了。我要不要跟梅海涛说，说了后，以他的性格又能把她怎样呢，无非是大吵一架。而她要是跟郭军说了，我的家就像放久了的鸡蛋，黄散了。我想还是哄着她，只要跟她关系处好了，她怎么好意思透露别人的隐私呢。

第二天，我特意起了个大早，站在楼下等她。听到亚男的高跟鞋声时，我立马挤着笑脸迎了上去。我买了两份肠粉，一份五块钱的葱末生菜肠粉，一份十块钱的鸡蛋肉末肠粉，当然鸡蛋肉末肠粉是给亚男的。嫂子，给你。我把肠粉递过去。她接过来说，我都是在厂里吃的。他们写字楼的文员和厂里的高管、中层管理在厂里的小食堂吃。每当吃饭时，看到他们穿得干干净净的，有说有笑地往小食堂走，我们这些普工既羡慕又嫉妒，我们只能到厂门口的小摊上买吃的。她问，你的眼泡怎么有些浮肿，昨晚没有睡好？我说，昨天睡觉落枕了，脖子疼得难受，一夜没有睡好。她的眼神将信将疑，没有再吭声了。

亚男陪着我在出租屋门前把肠粉吃了，她当然看出了我们吃的肠粉是不一样的。她已露出了异样的眼神。我知道已经有了初步的效果。必须趁热打铁，我决定晚上再买点东西送过去。

下班打卡时，我老远看见了亚男，她刚从写字楼出来，两个大奶子挺在前面还是挺诱人的，不知道刘助理是不是因为这个而被迷住的。我冲她招了招手，她看见了我，优雅地向我走来。我快步迎了过去。我还没有说话，她倒先开了口，晚上别在外面吃饭，去我宿舍打边炉。这让我有一种太阳打西边出来的感觉，我还没有应声，她扭着屁股就走了，根本没有征求我意见的意思，只留下淡淡的香味和傻傻站在原地的我。

我在天虹商场买了一箱红富士苹果和一箱晴王葡萄，还有一箱黑车厘子，都是小箱的，却花了我六百多块。对我来说，花钱就像割自己的肉，我心把儿疼了好久。我爬上了六楼，她住在最里面。门口一个鞋架，我一眼就认出了她的鞋子，全是细高跟的黑皮鞋，笃笃笃的声音仿佛在我耳旁响起。我眼前一亮，有两双男人的皮鞋。在外打工的单身女人为了安全，总会在门口放一双男人的鞋子，亚男在门口放两双男人的鞋子显然不符合逻辑或是做得有点过了。难道？要死！我暗骂，不敢往那方面想。难道真的像小变态说的一样，她和刘助理在打平伙？我要不要进去？明明是她主动邀请我来的，我的脚却挪不动了，双手抱着三箱水果犹疑着，门咣地打开了。亚男正用一条红色的毛巾擦着湿漉漉的长发，她说，从门缝里看见有人影儿晃动，却迟迟不见有人敲门，我想除了你没别人了。我笑了笑。她从我手里接过水果，说来就来呗，还带什么东西，你也太见外了。我忙说，就是一点水果。

她说，你来了就可以开炉子了。她把门完全打开，可能是担心煮菜的味道。转身又按了电磁炉的开关。隔着电磁炉锅玻璃盖，看见里面装得很满。我们俩怎么吃得了这么多东西？桌子上还放着豆皮腐竹娃娃菜。亚男招呼我坐下。我坐在一张红色的胶凳上，开始打量四周。房子还是以前的房子，感觉比以前要小一些，床那边有两组衣柜，我刚过来时是一个衣柜，现在多了一个，看来这段时间她又添置了不少衣服。床还是那张一米五的床，刚过来时我还在上面睡过，粉红色的床单看起来很暖和，我陡然想起了小变态的话，她与刘助理在床上的情景仿佛就在我眼前，我不知道怎么会有这样的想法，心里莫名多了一些慌乱。这时，洗手间里传来一阵阵的水流声，像是有人在里面洗澡。我疑惑地张望，嘴唇翕动，最终选择闭住嘴巴。她不慌不忙地坐在床头柜前梳起了头发。她一直是一个讲究的人，在厂里她是光鲜靓丽的文员，回到老家她也注意穿着打扮，当然她那一身打扮在老家是不合时宜的。她已换下了那一身职业装，身着丝绸的连衣裙，连衣裙很光滑，让人见了忍不住想上前摸一把。她的头发披着，跟她身上的连衣裙一样，像黑色的绸缎。她无论穿什么衣服都合身，好像所有的衣服都是为她量身定做的。

这时，洗手间的门打开了，我看见刘助理从里面走了出来。我的眼睛顿时瞪圆了。我从凳子上站了起来，用手捂住了嘴巴。我傻傻地怔在那里，吃惊地看着刘助理。刘助理刚洗完澡，穿的是一套条纹的睡衣，像一个住院的病人。他倒是大方，冲我一乐，伸出了右手，说，你是梅海琴吧？经常听亚男说起。我彻底傻了，不知道怎样答话。亚男轻轻推了我一下。我很木然地伸出了手，鼓足了勇气和他握了一下手。我从来没有见过这样的场面，也没有跟人在这样的场合握过手。刘助理又笑了一下，露出一排整洁的牙齿，他亲切地说，您好！是的，没错。他称我为"您"而不是"你"，我有点不自在，稍微犹豫了一下，最后强迫自己也跟着说，您好！

刘助理长得像港星谢霆锋，虽说三十好几了，人却显得很年轻，长长的头发，耳朵上的耳钉闪闪发光。我们平时很少能见到他，他只是偶尔会到各个车间转转。我的脸发烫，本来不好意思的是他才对，但他明显比我要坦然，也许这就是打工人与管理者的差别。他很自然地从亚男手里接过那条红毛巾，毛巾上还有亚男刚才擦过的水迹。

亚男启开了一瓶红酒，倒进了一个玻璃瓶里，她说，先醒着。难道装在酒瓶里的酒在睡觉？我不敢问，怕被刘助理笑话。她摆了四个碗，筷子也是四双，难道还有别人？我仍然没有问，我有些局促不安。门外传来了轻快的脚步声，我扭头望去，小变态正兴奋地往这里走，人还没进来他身上那股熟悉的机油味先飘了进来。他看见我，喊了我一声，我还来不及答应，他又叫了刘助理。他忙不迭地向刘助理解释，不好意思不好意思，来晚了，我在宿舍冲完凉才过来的。原来以为就我和亚男吃个便饭，没有想到却来了两个让我意外的客人，我偷偷扫了他们一眼，又迅速地转向别处。亚男已把碗筷摆放好了，刘助理也坐在了主位。亚男说，李兆丰，坐呀。刘助理也说，兆丰坐。李兆丰挨着我坐了下来，主位坐着刘助理和亚男，而我和李兆丰仿佛是他们请来的客人。

他们边吃边聊着厂里的一些事，我只是埋头吃饭，亚男不停地给我搛菜。我挺别扭的，一直听他们说，只有问我时才应一下。

吃了晚饭，我陪着亚男一起收拾餐桌，连站在一起洗碗时我也没有说一句话。待碗筷洗好，出来时刘助理和小变态已不见了踪影。亚男说，他们在楼下抽烟。房间里只剩下我们俩，我像被人打了一棍子，快快地说，嫂子我先回去了。她并没有挽留，硬要我把送来的水果拿回去，我推了半天才答应拿一箱苹果走。楼下并没有看见刘助理和小变态，不知他俩去了哪里。

回到出租屋，我盯着那一箱苹果发愣。我觉得我和小变态之间发生的一切都是事先精心筹划好的，完全是按照一个明确的计划进行，我像一辆火车自然而然地顺着这个安排好的轨道前进。

五

小变态连续几晚过来我都没有开门。在厂里我也无视他的存在，尽管他一有空就在我眼前晃。看见他我心里会猛地颤一下，像是受到了惊吓。下班了他给我打电话我不接，把手机设置成静音模式，他发信息我也不看。这种状态一直持续了一个星期，我像移栽的瓜秧苗才慢慢缓过劲儿来。

那天下班，我从红花山公园斜插过去，这样回到出租屋会近一些。也可以说是我故意改变了回去的路线。出公园时猛地看到了小变态，他站在那里静静地等着我。小变态的胡子有几天没有刮了，眼里布满了血丝。我有些吃惊，一个星期他老了许多。一见到我，他嬉皮笑脸地说，海琴，还生我气？我说，没有。他说，还说没有，这么长时间都不理我。我木着脸说，不想见到你。他一时无语，站在原地怔住了。我默默地从他身边走过。他跟了上来，像一个犯了错的孩子，跟在妈妈身后等待着责罚。

进入房间后，他立马又变了一个人，一把把我放倒在床上，我骂道，要死！他说，我是要死了，这几天我想你快想死了。你知道我这几天是怎么过的吗？我有时想你想一宿不睡。我嘴上说骗子，心里是相信的，因为他那双通红的眼睛不会撒谎。他急着说，真的，骗你是王八蛋。我说，你就是一个王八蛋、大骗子。

他说，我真不是有意骗你的。我说你说什么我都不会相信的。这个世上最不可以相信的就是男人，男人的话除了假话是真的之外，就没有真话了。

事情已经这样了，我只能顺其自然。那天小变态有点过分了，他竟然要求搬到我这里住。我瞪着他说，要死！你是得寸进尺，你信不信我现在就撵你走。小变态用可怜巴巴的眼神盯着我。我说，一个星期能让你过来一两次就不错了，你还真打算跟我打平伙？他说，为什么不可以，别人不都这样吗？我说，别人是别人，我是我，你不要拿我跟别人比。小变态一个劲地求我，我都没有松口。我知道，这就像当初我们在一起一样，口子开了想断掉都难，如果小变态住进来，万一哪天郭军心血来潮要过来怎么办？这可是捅破天的事。

第二天一早，我跟以前一样催促小变态先走，他答应了，我出来时他却站在门口等我。我拿他没有办法，只能白了他一眼。我们一起往下走，我听到身后传来了笃笃笃的声音，不用回头就知道是亚男，我准备加快步伐却听见她在叫我，海琴，海琴。我停住了，只得答应。她挽着刘助理的胳膊缓缓地下着楼梯，我看了一眼，赶紧把目光转向别处。其实，通过那一顿饭，他们之间的关系和我与小变态之间的关系已经明朗化了，不需要再遮遮掩掩，可是我脸上有些挂不住。亚男说，海琴，你买的车厘子和葡萄我们吃不完，你晚上下班过来拿一点去你们吃。她说"我们"，意思当然包括刘助理，她说"你们"当然是指小变态和我。她如此坦然，而我却没有这样的心胸，我说，你吃吧，我不喜欢吃水果。她说，不然就要烂掉了，烂了怪可惜的。下班了过来拿。话说得像命令，不容反驳。我只得说，好吧，我下班了过来拿。想起来我心里还有气，但不知往谁身上撒，毕竟我也做错了。

我们一起往厂里走去。我和小变态走在后面。小变态冲我向前努努嘴，意思是说人家多亲热，然后也学着他们的样子来挽我的胳膊，我用力打开了他的手。

晚上，小变态不经我同意就把一些东西搬过来了。我抱着他的衣服猛地扔出了门外，他顿时傻了眼，又装着一副可怜巴巴的样子乞求着说，海琴，就让我跟你一起住呗，房租我出，水电费我出，生活费我出。他把衣服又捡进了屋。他抱着我，不停地用手轻轻地拍着我的后背，我一下子哭了。那天小变态把车厘子洗了，我吃了几粒就不吃了，这东西长得倒是个大好看，吃起来像我现在的心情，淡寡无味。

打那一天起，小变态正式跟我在一起打平伙了。小变态第二天把剩下的东西都搬了过来，好像生怕我又会变卦似的。头两天我心里七上八下的，走到哪里总感觉有人在背后指指点点，过了三天后我已平静如初，好像这才是我正常的生活状态。后来，我们一起上班一起下班，也像那些打平伙的工友一样手牵着手，以"老公""老婆"相称，我们确实过着夫妻一样的生活。自从和小变态在一起生活后，这间出租屋也有了温度，难怪有这么多打平伙的夫妻。小变态搬过来第一件事就是把那张一米二的床给扔了，他在旧货市场买了一张二手的仿红木的床，一米五宽，上面还铺了海绵床垫。这张床让房间越来越小了。小变态几次提出换一间大一点的房子，他说跟亚男一样租一房一厅的，我拒绝了。我知道，亚男可以，我不可以，我只是一名普通的打工者，租一个大房间与我的收入不符，虽然房租是小变态出，可是我又怎能告诉郭军呢。有了小变态的陪伴，我很少主动打电话给郭军。每次郭军打来电话时，小变态会很识趣地走开，不是在门外看手机，就是到楼下抽烟。我们都知道，这时这个房间不能有一丁点儿其他人的声音。小变态买了一台联想电脑，晚上我们依偎在一起看电影。到了周末我赖在床上不起来，小变态也不叫我。他会悄悄下楼为我买来早点。中饭和晚饭也是他亲自做的，就我们两个人，他总是三盘四碟荤素搭配，弄得挺像一个家。我只负责洗衣服。我头晕的现象已好久没有出现了。我对他十分地依赖。这让我想起了和郭军在一起生活的日子。

到了年底，我转岗成了跟单员，我知道这是亚男背后出力的结果。对于这次转岗我早有思想准备，亚男现在是人事主管。转岗不仅是身份的转变，随之而来的还有小食堂吃和小宿舍住，当然小宿舍只是我午休的地方，下班了我还是要回到那间小小的出租屋，我已经逐渐适应了和小变态在一起的生活。我和亚男的关系也很特别，我们都知道对方的秘密，我们之间的关系已经超过了我和梅海涛的关系，梅海涛想知道的我已经不能告诉他了。

小年那天，我和亚男准备回去过春节。刘助理开车送亚男和我一起去北站，小变态借着帮我搬行李也跟着上了车。一路无话。

到了北站，泊好车，他们又帮我们推行李箱。要刷身份证进去时，我才意识到到了和小变态分开的时候了。我不知道什么原因，心里酸酸的，眼眶湿润起来，我没有想到与小变态如此短暂的分别竟能让我有些不舍。小变态说，海琴，下车了给我发个信息。我默默地点点头。亚男笑着说，走啦，你们回去吧，就是半个月假，搞得跟生离死别似的。她冲刘助理摆摆手，让他走。刘助理站住不动，说你先走，我要看着你离开。临走时，亚男又着重交代刘助理，从今天开始，不要跟我联系，电话微信都不可以，大年三十和大年初一也不能发信息问候。说这话的同时她把目光瞟向了小变态，这话其实是说给小变态听的。

我们进了高铁站，登上了电梯他们才离开。我们并排坐在宽敞的车厢里，此时我们的心情是复杂的，感觉都有话要对对方说，却始终没有开口。车启动时亚男看着我，犹疑了半天才说，海琴，下午我们就到家了……

我平静地打断她，你放心吧，我知道的。